国际大奖小说
德国图书馆推荐经典读物

木箱里的广告大王

Kai aus der Kiste

[德]沃尔夫·杜里安 / 著
[德]菲利普·韦希特尔 / 绘
李士勋 / 译

天津出版传媒集团
新蕾出版社

图书在版编目 (CIP) 数据

木箱里的广告大王 / (德) 沃尔夫·杜里安著；(德) 菲利普·韦希特尔绘；李士勋译. — 天津：新蕾出版社，2019.5（2022.3 重印）
 (国际大奖小说)
 ISBN 978-7-5307-6835-8

Ⅰ.①木… Ⅱ.①沃… ②菲… ③李… Ⅲ.①儿童小说-长篇小说-德国-现代 Ⅳ.①I516.84

中国版本图书馆 CIP 数据核字(2019)第 032985 号

Kai aus der Kiste
Author: Wolf Durian
Illustrator: Philip Waechter
Copyright ⓒ Dressler Verlag GmbH, Hamburg 2004
Simplified Chinese translation copyright ⓒ 2019
by New Buds Publishing House (Tianjin) Limited Company
Chinese language edition arranged through HERCULES Business & Culture GmbH, Germany
ALL RIGHTS RESERVED
津图登字：02-2018-335

书　　名	MUXIANG LI DE GUANGGAO DAWANG
出版发行	天津出版传媒集团 新蕾出版社
	http://www.newbuds.com.cn
地　　址	天津市和平区西康路 35 号(300051)
出 版 人	马玉秀
电　　话	总编办(022)23332422 发行部(022)23332351　23332679
传　　真	(022)23332422
经　　销	全国新华书店
印　　刷	河北鹏润印刷有限公司
开　　本	880mm×1230mm　1/32
字　　数	30 千字
印　　张	4.75
版　　次	2019 年 5 月第 1 版　2022 年 3 月第 4 次印刷
定　　价	22.00 元

著作权所有，请勿擅用本书制作各类出版物，违者必究。
如发现印、装质量问题，影响阅读，请与本社发行部联系调换。
地址：天津市和平区西康路 35 号
电话：(022)23332677　邮编：300051

一辈子的书

◎梅子涵

◆亲近文学◆

一个希望优秀的人,是应该亲近文学的。亲近文学的方式当然就是阅读。阅读那些经典和杰作,在故事和语言间得到和世俗不一样的气息,优雅的心情和感觉在这同时也就滋生出来;还有很多的智慧和见解,是你在受教育的课堂上和别的书里难以如此生动和有趣地看见的。慢慢地,慢慢地,这阅读就使你有了格调,有了不平庸的眼睛。其实谁不知道,十有八九你是不可能成为一个文学家的,而是当了电脑工程师、建筑设计师……可是亲近文学怎么就是为了要成为文学家,成为一个写小说的人呢?文学是抚摸所有人的灵魂的,如果真有一种叫作"灵魂"的东西的话。文学是这样的一盏灯,只要你亲近过它,那么不管你是在怎样的境遇里,每天从事怎样的职业和怎样地操持,是设计房子还是打制家具,它都会无声无息地照亮你,使你可能为一个城市、一个家庭的房间又添置了经典,添置了可以供世代的人去欣赏和享受的美,而不是才过了几年,人们已经在说,哎哟,好难看哟!

谁会不想要这样的一盏灯呢?

◆阅读优秀◆

文学是很丰富的,各种各样。但是它又的确分成优秀和平庸。我们哪怕可以活上三百岁,有很充裕的时间,还是有理由只阅读优秀的,而拒绝平庸的。所以一代一代年长的人总是劝说年轻的人:"阅读经典!"这是他们的前人告诉他们的,他们也有了深切的体会,所以再来告诉他们的后代。

这是人类的生命关怀。

美国诗人惠特曼有一首诗:《有一个孩子向前走去》。诗里说:

有一个孩子每天向前走去,

他看见最初的东西,他就变成那东西,

那东西就变成了他的一部分……

如果是早开的紫丁香,那么它会变成这个孩子的一部分;如果是杂乱的野草,那么它也会变成这个孩子的一部分。

我们都想看见一个孩子一步步地走进经典里去,走进优秀。

优秀和经典的书,不是只有那些很久年代以前的才是,只是安徒生,只是托尔斯泰,只是鲁迅;当代也有不少。只不过是我们不知道,所以没有告诉你;你的父母不知道,所以没有告诉你;你的老师可能也不知道,所以也没有告诉你。我们都已经看见了这种"不知道"所造成的阅读的稀少了。我们很焦急,所以我们总是非常热心地对你们说,它们在哪里,是什么书名,在哪儿可以买到。我就好想为你们开一张大书单,可以供你们去寻找、得到。像英国作家斯蒂文生写的那个李利一样,每天快要天黑的时候,他就拿着提灯和梯子走过来,在每一家的门口,把街灯点亮。我们也想当一个点灯的人,让你们在光亮中可以看见,看见那一本本被奇特地写出来的书,夜晚梦见里面的故事,白天的时候也必然想起和流连。一个孩子一天天地向前走去,长大了,很有知识,很有技能,还善良和有诗意,语言斯文……

同样是长大,那会多么不一样!

◆ 自己的书 ◆

优秀的文学书,也有不同。有很多是写给成年人的,也有专门写给孩子和青少年的。专门为孩子和青少年写文学书,不是从古就有的,而是历史不长。可是已经写出来的足以称得上琳琅和灿烂了。它可以算作是这二三百年来我们的文学里最值得炫耀的事情之一,几乎任何一本统计世纪文学成就的大书里都不会忘记写上这一笔,而且写上一个个具体的灿烂书名。

它们是我们自己的书。合乎年纪,合乎趣味,快活地笑或是严肃地思考,都是立在敬重我们生命的角度,不假冒天真,也不故意深刻。

它们是长大的人一生忘记不了的书,长大以后,他们才知道,原来这样的书,这些书里的故事和美妙,在长大之后读的文学书里再难遇见,可是因为他们读过了,所以没有遗憾。他们会这样劝说:"读一读吧,要不会遗憾的。"

我们不要像安徒生写的那棵小枞树,老急着长大,老以为自己已经长大,不理睬照射它的那么温暖的太阳光和充分的新鲜空气,连飞翔过去的小鸟,和早晨与晚间飘过去的红云也一点儿都不感兴趣,老想着我长大了,我长大了。

"请你跟我们一道享受你的生活吧!"太阳光说。

"请你在自由中享受你新鲜的青春吧!"空气说。

"请你尽情地阅读属于你的年龄的文学书吧!"梅子涵说。

现在的这些"国际大奖小说"就是这样的书。

它们真是非常好,读完了,放进你自己的书架,你永远也不会抽离的。

很多年后,你当父亲、母亲了,你会对儿子、女儿说:"读一读它们,我的孩子!"

你还会当爷爷、奶奶、外公和外婆,你会对孙辈们说:"读一读它们吧,我都珍藏了一辈子了!"

一辈子的书。

一 个 令 人 难 以 置 信 的 故 事

目 录

001 | 第 1 章　一个会说"谢谢"的木箱子
008 | 第 2 章　一千美元对一把弹弓
015 | 第 3 章　大响尾蛇蹭车,然后吹响了口哨儿

021 | 第 4 章　警长布姆塞听见一声:"想——"
030 | 第 5 章　库巴尔斯基先生出现了
037 | 第 6 章　库巴尔斯基先生在台阶上想出一个主意

046 | 第 7 章　克鲁姆的大拇指被电梯门夹了一下
054 | 第 8 章　礼帽上的 TUT 字样
062 | 第 9 章　一位先生站在那儿望着天空

074 | 第 10 章　一个小家伙让弗里根普夫先生累得上气不接下气
082 | 第 11 章　库巴尔斯基先生与特劳伊奥格小姐在公园里散步
094 | 第 12 章　前前后后都是——TUT

103 | 第 13 章　弗里根普夫先生跟踪又失败了
115 | 第 14 章　差一分钟和缺少两分
128 | 再版后记
132 | 译后记

人 物 表

凯
  柏林的流浪儿童,外号"大响尾蛇"

艾丽卡
  凯的小妹妹

乔·艾伦·范·布拉姆斯
  来自美国的巧克力大王

亚历山大·库巴尔斯基
  广告代理商

绿蒂雅·特劳伊奥格
  库巴尔斯基先生的未婚妻

路易·弗里根普夫
  名探

施莱兴得·普拉特福斯,海格立斯
　　　　　　　　　黑手帮小头头儿

埃米尔
　　　皇家饭店的仆人

约塞夫·巴鲁什卡
　　　　　皇家饭店客房服务生

史莱歇尔,克鲁姆
　　　　　两个刑警

布姆塞
　　　警长

一个门房

一个穿天蓝色制服的电梯男孩

一个密探和许多其他黑手帮成员

第1章

一个会说"谢谢"的木箱子

"12号房间!"皇家饭店的门房对着电话听筒说道,"这里有您一个大木箱子……是,12号房间的先生收……不,不知道,是四个男孩用运货的平板车送来的……什么?是,我派人送上去,马上。"

门房放下电话,按了一下呼叫按钮。仆人走了进来。

"埃米尔,"门房说,"把这个木箱子送到楼上的12号房间!"

"您随便找个地方放下吧。"12号房间的那位肥胖的先生说道,他连头也没抬一下。

他面前桌子上的信件堆得小山似的，旁边的纸篓里是另一座小山。胖先生正坐在那儿写信。

"尊敬的先生，"他写道，"我请求您明天上午十点钟到我的房间来。顺致崇高的敬意。"他写上了自己的名字，乔·艾伦·范·布拉姆斯，信封上的收信人处他写的是"广告代理商亚历山大·库巴尔斯基先生"几个字。

有人敲门。

"请进！"乔·艾伦·范·布拉姆斯说道，同时把钢笔放下。

"请——进！"他又说了一遍。

没有人进来。

乔·艾伦先生站起来，向门口走去。他打开门，没有人。

这时候，一个声音响了起来："可是我进不来呀。"

"谁在这儿？"乔·艾伦先生大声说道，还向周围看了看。

"我。"那个声音说。

"你在哪儿?"乔·艾伦先生问。

"在木箱子里。"

乔·艾伦先生关上门,转过身。

"请您立刻出来!"他命令道。

"我出不来!"

"为什么?"

"他们把我头朝下放在里面了。"

乔·艾伦先生按了一下铃。埃米尔来了。

"翻过来!"乔·艾伦先生说着指了指箱子。

"是。"埃米尔说着,把木箱子翻了过来。

"谢谢!""木箱子"说道。

埃米尔的脸唰的一下子白了。"这个木……箱……箱……"他结结巴巴地说。

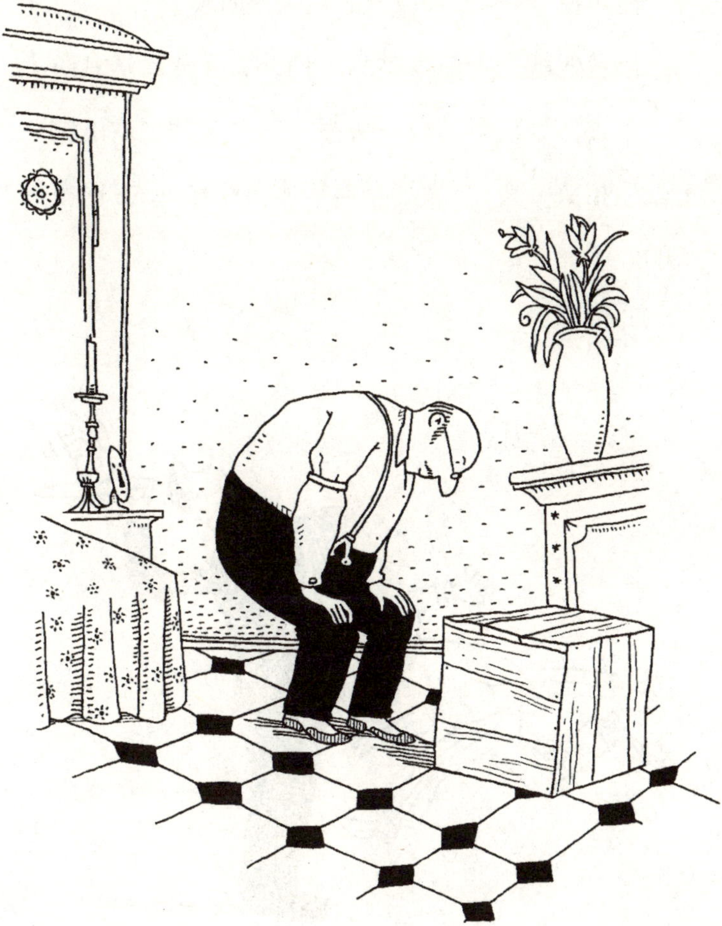

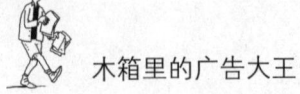

他想说"木箱子",但他的舌头不听使唤。

接着他就一个箭步跳到了门外,呼啸着从台阶上跑了下去。到楼下,他一头撞在一个又圆又软的物体上。他抬头一看,原来那是客房服务生约塞夫·巴鲁什卡的肚子。

"蠢驴!"巴鲁什卡先生骂道。

"木……木箱……说……谢……谢谢!"埃米尔结巴着说。

巴鲁什卡先生耸了耸左肩,厌恶地抬了抬他那刮得发青的下巴,一阵风似的走了。

第2章
一千美元对一把弹弓

首先伸出来一只小手,接着,箱子盖向上掀开了,然后出现了一顶褪了色的绿色鸭舌帽,帽檐下面露出一个调皮的微微翘起的小鼻子。接下来出现的是一条裤腿,一只右胳膊紧贴着裤子,但是看不见那只手放在哪儿。

当他整个身子都露出来时,可以断定,他也就是一个十二三岁的男孩,一个普通的、脏兮兮的街头流浪儿。

"您好,"男孩说,"您就是巧克力大王吗?"

"对呀。"乔·艾伦先生回答,"你是谁?"

"我叫'大响尾蛇'。"

"啊,那你为什么坐在箱子里?"

"因为不这样的话,门房会把我赶出去。"

"嗯。"乔·艾伦先生应了一声,"那你找我到底有什么事?"

"等一等!"男孩说着,把裤兜里的东西全部掏了出来。他拿出来的有:一根弯曲的钉子、一条细绳、一把弹

弓、一截粉笔、几粒豌豆、几颗弹丸、一个发卡和一个薄荷含片盒。

在薄荷含片盒里有一张小纸片。

"这儿！"大响尾蛇说道。

一则广告，是巧克力大王乔·艾伦先生从美国来到柏林那天刊登在报纸上的：

巧 克 力 大 王

寻 找

一 位 广 告 大 王

皇家饭店 12号房间

"也就是说，我想当广告大王。"大响尾蛇说道。

"没有别的事情吗？"

"没了。"大响尾蛇说道，"此外别无他求。"

乔·艾伦先生的脸红了,他取下眼镜,用手帕的一角擦着。

"你很棒,孩子!"他对着镜片哈了口气,又擦了擦。

"告诉我,"他一边戴眼镜一边问,"你叫什么名字?"

"凯。"

"嗯,好。"乔·艾伦先生说,"你当然不知道什么是广告大王。一个广告大王就像一位统帅,他必须指挥一场能调动眼睛、耳朵等全部感官,能引导人的思想的战役。他必须每天想出新的主意,以便广告被人看见并尽可能多地让人去谈论。这需要持续几个月并花费一大笔钱。"

巧克力大王停顿了一下。

这时候,凯说道:"如果我能让全城的人明天早上都谈论我,而且一分钱也不用花呢?"

"没有人会谈论你。"乔·艾伦先生说道。

"打赌吗？"

"非常乐意！"巧克力大王说道,"那你赌什么？"

凯思考了片刻。"我的弹弓！"他说着就拿起了从裤兜里掏出的那把弹弓,"这可是用优质皮筋儿做的。您会打弹弓吗？"

"不会。"巧克力大王说,"不过我一定能学会,因为你肯定会输。我们就赌明天上午会不会有五个人谈论你,我用一千美元赌你的弹弓。"

"一言为定！"凯说着把手伸出来。

"All right(好的)！"巧克力大王说着抓住小男孩的手,紧紧地握住。

忽然,他发现男孩的手心被涂成了黑色。"你为什么要把手心涂黑？"他想知道原因。

"是,"凯说,"这是我们黑手帮的标记！"

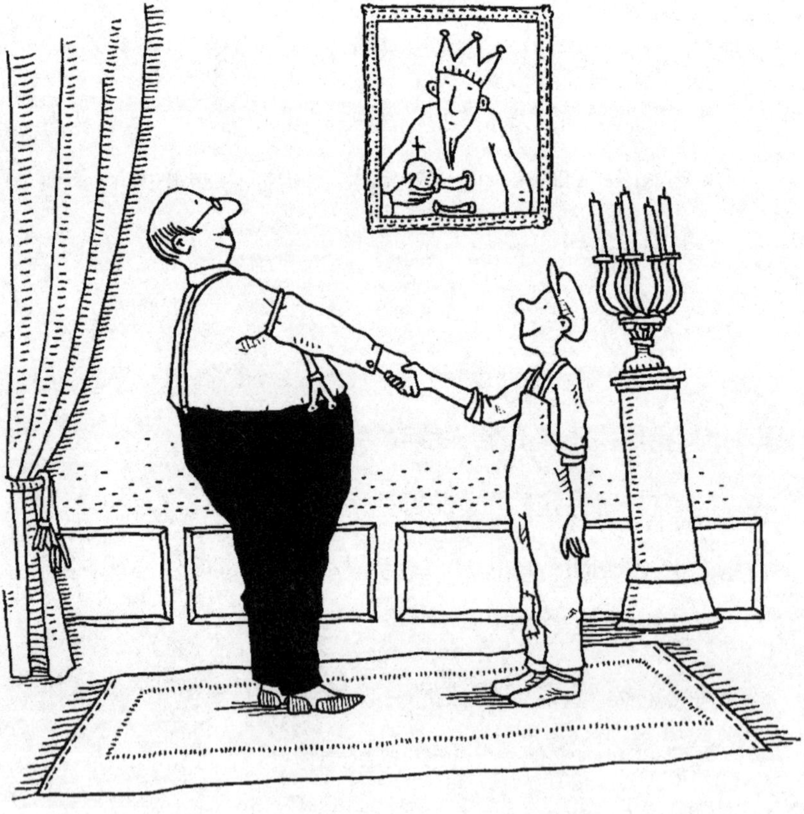

第3章
大响尾蛇蹭车，然后吹响了口哨儿

凯想出去的时候,门房正背对着他站在饭店门口。凯轻手轻脚地绕到门房身后,拍了一下他的肩膀,粗声粗气地说:"您说说看,门房先生……"

门房转身,凯也跟着转,从他背后溜出了饭店大门。

门房骂了一声。一辆深蓝色的小汽车正好开到饭店门口,凯上了车,坐到后排座椅上,汽车就呼啸着开走了。一个警察吹响了带颤音的哨子,但是凯装得像没事人似的。

他留心看着汽车往哪里开。当汽车正要拐进马克

伯爵大街时,他跳了下去,飞快地从出租马车的骡子鼻孔下面钻了过去,面对着一辆怒气冲冲飞驰而来的黑色小汽车看了三秒钟。但是,这三秒钟足够他跳开了。凯跳上一辆从面前经过的有轨电车离开了。他站在车厢外的脚踏板上,像往常一样,立刻躲在了售票员坐着售票的那个小窗口下面。

售票员很少能发现他,因为他们之间还隔着一道门。然后,凯又跳下去,立刻上了另一路电车。

凯坐了七站,来到马克西米利安地铁站。排成长队的人不断拥向地铁站台,站内潮湿闷热,犹如地狱一般。信号灯发出红光,地铁雷鸣般地呼啸着。想在拥挤的人群中穿过护栏逃票是很容易的,当然这指的只是凯,其他人都逃不过检票员的眼睛。但是凯对此很熟练,他总是这样到处转,基本上都不买票。他坐在二等车厢,因为三等车厢永远人满为患。在车厢里,他坐在

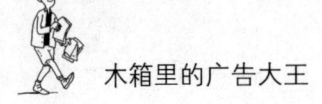

消防箱上，悬着两条腿摆来摆去。车开动以后，一位女士和他交谈起来。

那位女士和凯在同一站下车。凯摘下帽子，让自己显得比实际年龄更小，他小步跑到那位女士跟前，贴着她的身子穿过检票口。检票员以为他是那位女士的孩子，就把他当作还不到购票年龄的孩子，让他通过了。一过检票口，凯就戴上帽子，飞跑着登上台阶，消失在人流中。

刚过七点，他就出现在北郊。工厂的烟囱耸入黄昏的天空。汽笛长鸣，下班的工人成群结队，拥向大街。

凯像一只老鼠那样在人流中穿行，一下子就不见了。他消失在一扇敞开的大门里，那扇门位于两栋简陋的出租房之间。

门后是一条黑乎乎的狭窄通道，两边是耸立的砖墙。然后，他面前出现了一个又小又阴暗的院子。在这

儿,凯把手指放进嘴里,吹了一长两短的口哨儿。这是大响尾蛇的暗号。凯从嘴里拿出手指,等候着。

不一会儿,夕阳下就出现了一些小小的身影。他们有的是从地下室里爬上来的,有的是顺着楼梯间的栏杆滑下来的。这些男孩有大有小,都是工厂职工的孩子、报童、供人差遣的童仆,或是面包师傅的孩子。

现在已经聚集了不少孩子。

大响尾蛇说道:"黑手帮十点钟在老地方集会。"

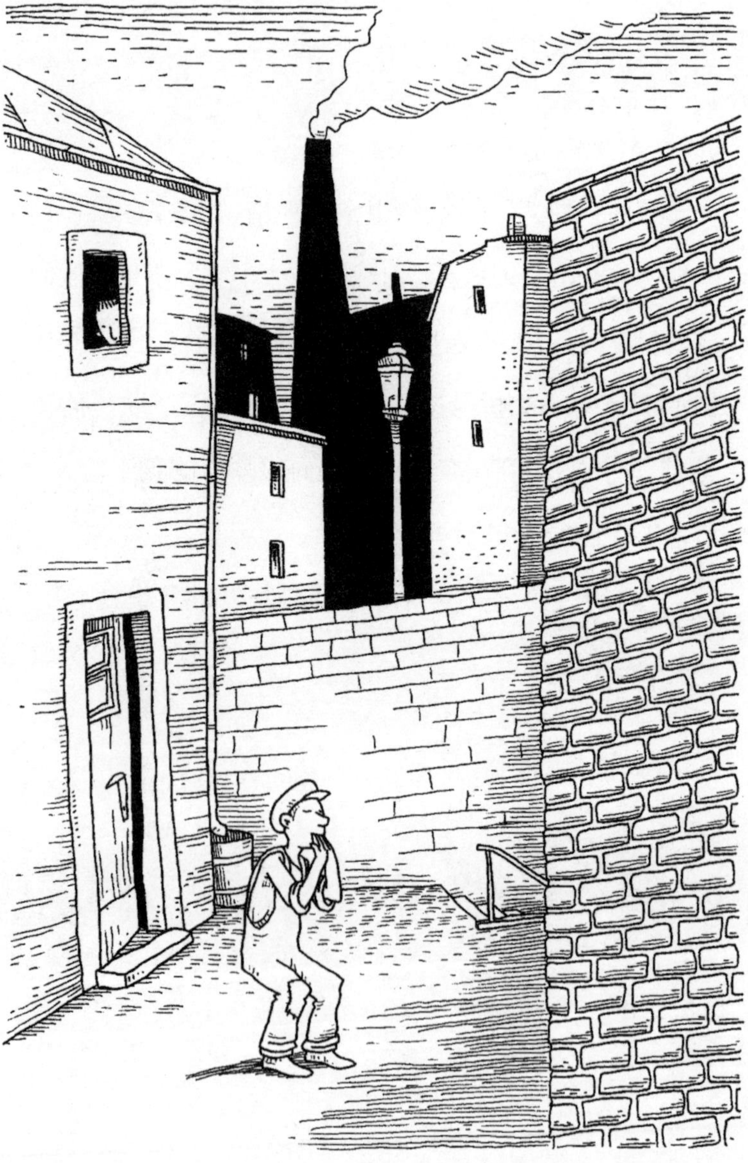

第4章
警长布姆塞听见一声："想——"

孩子们像一阵风似的跑走了。拱门和房屋之间的通道吞噬了他们,他们登上一摞木箱子,翻过栅栏,有的孩子的裤子都被铁丝网挂破了。所有楼房的后院里、每一个楼梯间都响起了大响尾蛇的暗号。所有的狗都汪汪叫起来,家家户户的大人都在咒骂。门一个接一个地被撞开。这个晚上,多少家的晚饭都要被放凉了!卖报的孩子把卖报的事情丢到一边,鞋匠的学徒从师傅那儿跑掉。两个被关起来的孩子现在正从窗口逃出来,顺着避雷针导线滑了下来。"黑手帮十点钟集会!"到处都在传递这句话。男孩子从二十个增加到五十个,又增

加到一百个。许多孩子在街道上跑着,许多滑轮车在碎石路上咯噔咯噔地响着。

在亚历山大广场地铁站,一大帮孩子拥挤着穿过检票口,上了刚好进站的地铁。检票员关上栅栏,尾随他们追去,但为时已晚。红色的尾灯在黑暗的隧道中闪着光,这位检票员不得不退回来,栅栏后面的成年人都在咒骂,因为他们不能上站台了。

那些男孩子八仙过海,各显神通。他们有的乘坐无轨电车,趴在车顶上或是躺在椅子下面;有的脚踩轮滑鞋,手拉着车帮,让卡车拉着走;有的一只脚踩着轮滑鞋,另一只脚悬在空中滑行着。

一个男孩上了辆出租车,大声喊道:"快,去植物园!"司机快速向植物园开去。当他到那儿的时候,发现车里空空的,乘客不见了。

"老地方"就是老火车北站。从前这儿人头攒动,弧

光灯很亮,轰隆隆的火车往来如梭,日夜不停。后来建设了新火车北站,所有火车都改了道,所有人都拥到那里去了。老火车站的柱子前面围起了铁栅栏,从那时起,老火车站就被废弃了,晚上变得黑乎乎的。鸽子在售票处窗口做了窝,还挂着列车时刻表的候车室变成了老鼠的天堂。

现在,秘密组织黑手帮就在这里集会。

男孩子们三三两两地从建筑物后面的旧铁轨上走了过来。他们都不说话。月亮出来了,孩子们都站在墙壁的阴影里,好像他们是突然从地底下冒出来的。每个孩子都必须在岗哨耳边小声说一句暗语,然后才可以进去。

过了一会儿,他们的眼睛适应了从破玻璃灯罩中发出的雾茫茫的灯光。他们首先发现的是许多蹲在地上的小身影,然后是不断拥入的人群。

Kai aus der Kiste

大家在等候。整个车站的外围都有他们的岗哨,任何陌生人不得偷偷进来。突然,大响尾蛇出现在大厅里,他开始讲话了。谁都没看见他是怎么进来的,也许他早就在这儿了。

只有海格立斯①和施莱兴得·普拉特福斯②以及另外几个小头头儿知道开会的目的。现在大响尾蛇在和他们窃窃私语。所有的孩子都在偷听,想听清知情者的秘密。

他们说的是关于一个巧克力大王和一个广告大王的事情。

"黑手帮……到处……今天夜里!"大响尾蛇小声说道。

施莱兴得·普拉特福斯只说了一声:"一言为定!"

---

① 名字取自希腊神话中的宙斯之子,传说中他力大无穷。
② "普拉特福斯"本意为"平脚板"。

木箱里的广告大王

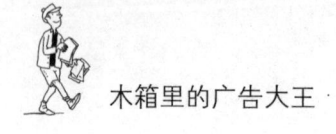

然后，孩子们听见一个令人难以置信的词："一千美元！"所有听见的人都大吃一惊，心脏几乎停止了跳动。

"我清楚地听见他们在里面一齐大声喊'想'。"警长布姆塞解释道。

"也许是一头驴在叫,警长先生。"一个警察说。

第5章 库巴尔斯基先生出现了

一开始，人们根本没有察觉，虽然街头流浪儿一再地蹭车，乘坐有轨电车、地铁和汽车都不买票。久而久之，许多售票员和司机就习以为常，不会为此生气了。警察对他们午夜之后还到处徘徊，在铁轨上练倒立和翻跟头，以及拍打广告柱、铁牌子和房屋墙壁也都不会大惊小怪了。

只有出租马车的车夫和他们的马会生气。他们想在停车场睡一会儿觉。突然啪的一声，一个淘气的男孩在马的脖子或者屁股上拍了一下，把马和车夫从美梦中惊醒。可是，没等车夫扬起鞭子，那个淘气包早就跑

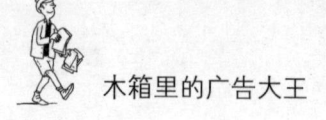

得无影无踪了。

车夫气得破口大骂。

温顺的老白马叹息了一声,换了条腿站立着继续睡去。

凯回到家时已经是凌晨三点了。他踮着脚上楼,来到一座楼房的顶层。尽管他轻手轻脚,楼梯和每一个角落仍然会嘎吱嘎吱地响起来。

凯开门的时候分外小心,门还是发出了刺耳的怪声。他站在漆黑的房间里倾听着。

"凯?"一个细细的声音问道。

凯小声回答:"是,是我。接着睡吧。"

"啊……哈……"妹妹细声细气地打了个哈欠。

凯在脱衣服。

"凯,"妹妹细细的声音说道,"你听见了吗?"

"什么?"

"我做了一个很美的梦。"

"什么梦?"凯一边问一边脱了裤子,这条背带裤是建筑工人史塔克比尔送给他的礼物。它的优点就是脱的时候只要解开肩膀上的扣子,呼啦一声,裤子就会自动掉到地上,他只要把脚拔出来就行了。

"我梦见一个王子。"细细的声音说道,"他走进来,对我说:'小艾丽卡,你这么穷,没有爸爸,也没有妈妈,现在你可以说出你的美好愿望。'"

"你的愿望是什么?"凯问道。

"一个布娃娃。"艾丽卡的声音听起来有些悲哀,"一个眼睛能睁开又能闭上的布娃娃,穿着一件布满星星的连衣裙。王子说:'睡吧,艾丽卡,你醒来的时候,布娃娃就会在你身边。'然后我就醒了……"

凯穿着衬衫,坐在小妹妹的旧床垫边,抬头看着小天窗。

"也许他会把布娃娃送来的。"他说着亲了一下小妹妹,"晚安,艾丽卡。"

"晚安,凯——你真的相信他会把布娃娃送来吗?"

凯已经在自己的角落躺下,把自己裹进了破旧的被子里。他的眼睛已经不由自主地闭上了。

第二天上午,差五分钟十点,一位戴着亮闪闪的礼帽和黄色手套的先生走进了皇家饭店。那位先生身上散发着浓浓的紫罗兰香味,他的燕尾服是黑色的,胸前的口袋里插着橘红色的丝织手帕。他的领带和袜子都是苹果绿的,脚上的漆皮鞋亮得能照出人影。

门房后退一步,鞠了一躬,戴礼帽的先生故意视而不见地说道:"哎,乔·艾伦——先生,他姓什么来着?住在这里的那个卖巧克力的美国佬,在不在?"

"在,先生。"门房热情地回答道,"二楼12号房间。"

那位先生从一个小蜥蜴皮夹子里抽出一张名片,递给门房:"请通报一下!"说着就坐进沙发里,跷起二郎腿,摘下左手的手套。

巴鲁什卡先生是客房服务生,他把名片放在一个镀银的托盘上,名片上写着:

木箱里的广告大王

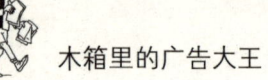

亚历山大·库巴尔斯基先生

持有证书的广告代理商

第6章
库巴尔斯基先生在台阶上想出一个主意

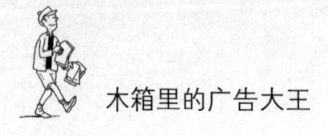

乔·艾伦先生正对着镜子刮脸。

"告诉我,服务员先生,"他问道,同时用刮脸刀指着桌子,桌子上摆着一份晨报,"谁敢如此大胆,和我开这个玩笑?"

巴鲁什卡先生顺着刮脸刀指的方向看去:"有何吩咐,先生?"

"报纸。"乔·艾伦先生说。

引起他注意的是报纸上一个真实大小的黑手印,就在第一页的社论中间。

"黑手帮吗?"巴鲁什卡先生说,"今天街谈巷议的

话题,先生。不仅您的报纸上有,全城所有报纸上都有。人们在谈论一起报童谋杀案。"

"哦,哦……"乔·艾伦先生一边应着,一边继续刮脸,他把刮脸刀上的肥皂沫抹掉,嘟哝着,"黑手帮……很好。"

巴鲁什卡先生蹑手蹑脚地退了出去。

有人敲门。

乔·艾伦先生大声说道:"进来!"

亚历山大·库巴尔斯基先生走进来，深深地鞠了一躬。

"早安！"他说。

"请坐。"乔·艾伦先生说。

"听到最新的消息了吗，范·布拉姆斯先生？"库巴尔斯基先生边说边把他的高筒礼帽放到椅子旁边，"全城到处都是黑手印。橱窗上、楼房墙壁上、人行道上、广

告柱上、广告牌上……到处都是！太不像话了！您对此有何评论？"

"两个人了。"乔·艾伦先生边说边合上刮脸刀,擦掉脸上的肥皂沫。

"我不明白您的……"

"还缺三个。"乔·艾伦先生解释道,"也就是说,我在和一个街头流浪儿打赌。"

"为了黑手印吗？"

"那就是他搞的。那是他的广告。"

"别出心裁！"库巴尔斯基先生说道。

"是的。"乔·艾伦先生说道,"我也这样认为。那个男孩竟然能想出这样的主意来。"

"肯定能成为优秀的油漆匠。"

"或者……也可能成为广告大王。"巧克力大王说道。

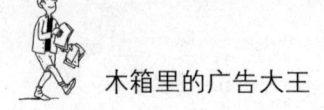

库巴尔斯基先生屏住了呼吸。他的脸红了,又蓝了,然后又黄了。单片眼镜也从鼻梁上掉了下来。

"一个出色的……玩笑,哦!"他结结巴巴地说。

"我没开玩笑。"乔·艾伦先生明确地说,"我将在他和您之间打一次赌。"

"恕我冒昧,范·布拉姆斯先生,我感到这……唉……这简直就是一种……唉……一种侮辱!"

"侮辱?"乔·艾伦先生问道,"为什么?"

"在一个街头流浪儿……与我之间……打赌,唉!"

"如果您不愿意……"乔·艾伦先生说着向写字台指了指,"那儿我还有四百四十二个广告代理商的报价。"

"啊不,不是这个意思——当然……当然,完全不是……"库巴尔斯基先生立刻连连解释道。

"好,"乔·艾伦先生说,"那就请您明天下午三点钟

来，我将公布任务。再见！"

库巴尔斯基先生觉得这句话是在下逐客令，于是他立刻站起来，因为太激动，脚还踢到了自己的大礼帽。这次谈判没有按照他的设想进行。

但是，库巴尔斯基先生并不蠢，当他站在饭店台阶上抚平大礼帽的时候，想出了一个绝妙的主意。他突然想起今天早上贴在广告柱上的红色告示。那是一张通缉令，上面写的是：

悬赏三百马克

昨天夜里有人将黑手印
印在人行道上、橱窗上、楼房墙壁上、
出租马车的马身上等地方，
将此人举报给警察局的人
能获得三百马克酬谢。

费夫施台歇警察分局

"门房……哎,我想说什么来着……"

库巴尔斯基先生站在大门门口第一级台阶上,戴上他的黄手套。"您还记得昨天来过的那个流浪儿吗?"他问。

"嗯,记得。"门房说,"那个上了汽车坐到后排座椅上的孩子吗?"

"你很快就能看到他。"库巴尔斯基先生扣上最后一个纽扣,"明天下午三点那个小家伙还会来。我建议您这期间去看看广告柱上的通缉令,举报他的人可以得到三百马克赏金。这可是不少钱呢,是不是?挣这笔钱太容易了!"库巴尔斯基先生假装停顿了一会儿,然后补充道:"您只要走到警察局,在那儿举报他一下就够了。也就是说,他就是那个孩子。啊,别的话就不用我多说了。去看看那个通缉令吧,再见!"

库巴尔斯基先生弹了弹大礼帽的帽檐,看起来,帽

子又完美无缺了,然后他就离开了饭店。

"埃米尔!"门房大声说道,"戴上我的帽子,在这儿替我待一会儿。"

埃米尔戴上他的帽子,以为自己就是门房了。

门房先生向最近的一个警察分局走去。

第7章
克鲁姆的大拇指被电梯门夹了一下

Kai aus der Kiste

巧克力大王在散步，他感到很惊奇。刚走到第三个路口，他就数到了十一个黑手印，而街角的情况更严重。那儿有一个广告柱，柱子上有三四十个黑手印，而且至少有同样多的人在围观，因为侦探弗里根普夫正在借助放大镜研究手印的指纹。

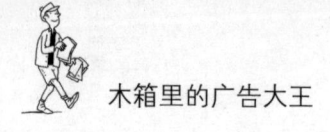

"这都是孩子的手。"侦探对旁边一个凝神观看的先生说道。

"三个了。"乔·艾伦先生边想边继续走着,然后,他坐上一辆出租马车,前往中央公园。

一路上,人们纷纷驻足观看这辆出租马车。

"简直太放肆了!"一个上了岁数的先生用拐杖指着马车说道。

乔·艾伦先生觉得十分尴尬。他低头看了看自己,衣服、领带都正常,会不会是大礼帽的问题?乔·艾伦先生取下大礼帽,里里外外看了一遍,没有发现什么特别之处。

当他重新戴上大礼帽时,他听见一个小姑娘大声喊道:"看哪,妈妈,看那匹马!满身都是黑手印!"

"四个了。"乔·艾伦先生想。他左顾右盼地寻找着孩子说的那匹奇怪的马,但他发现附近只有一匹马,也

Kai aus der Kiste

就是他自己乘坐的马车前面的花斑马。

花斑马？不，那是一匹白马。此刻，乔·艾伦先生才确信马身上的黑斑点全是黑手印。

乔·艾伦先生让马车停下，下车付了款，向中央公园走去。

公园里阳光灿烂。喷泉哗哗地喷着水，风吹动着法国梧桐的树叶。

乔·艾伦先生走上一条僻静的小路。

小路两边有草地和白杨树。一只乌鸦在草坪上蹦跳着寻找蚯蚓。过了一会儿,他看见一小片柏树林,树林里立着马克伯爵的大理石纪念雕像。

突然,乔·艾伦先生听见小树林后面有一个声音:"肚子上!太放肆了!"

乔·艾伦先生循着声音走了过去。

两个大学生站在雕像前面,抬头望着胖胖的伯爵。乔·艾伦先生抬头看去,也发现了那个黑手印,正好印在胖伯爵的白色大理石肚子上。

"我输了!"乔·艾伦先生心里想着,转身走开了。

他离开公园时,碰到一个玩纸团的小男孩。

"想一起玩吗?"小男孩问道,然后把纸团抛给乔·艾伦先生。

乔·艾伦先生接住纸团,他正要把纸团抛给小男

孩,小男孩却一溜烟跑开了。

"真滑稽!"乔·艾伦先生想。

现在,他站在那儿,手里拿着那个纸团。这是什么意思呢?这不就是一个揉皱的纸团吗?

乔·艾伦先生展开纸团,只见上面写着:

> 账单
>
> 给巧克力大王,
>
> 大响尾蛇寄
>
> 已经遇到五个谈论我的人了,
>
> 共一千美元,
>
> 您只要在下面写
>
> 我大概什么时候能去取美元就行了。
>
> 写好后您就把它扔掉,
>
> 那个小男孩是我的成员,
>
> 他会捡起来的。

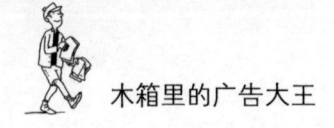

乔·艾伦先生掏出自来水笔,在纸片反面写道:

> 尊敬的大响尾蛇:
> 　　我承认这份账单。
> 　　请明天下午三点来皇家饭店。
>
> 　　　　　　　　顺致敬意
> 　　　　　　　　巧克力大王

写好之后,他就把纸片团成团,随手一扔,然后向一辆出租车招了招手,就回皇家饭店去了。

转天下午三点整,凯踏上了皇家饭店的台阶。一秒钟之后,他就发现两个彪形大汉把他夹在了中间,让他感到不快。原来他们早就等在大门口,一左一右地站在那儿了。他们是警察局的刑警史莱歇尔和克鲁姆。

史莱歇尔和克鲁姆立刻伸出他们粗笨的大手要抓凯，但是他们个子太高，凯把腰一弯，闪电一般从他们俩中间冲了出去。

很幸运，电梯刚好下来。穿着天蓝色制服的操作电梯的男孩正要走出来，凯推了他一把，所以他又退回电梯间，接着凯也跟着跳进去并随手拉上了电梯门。

"该死！"

克鲁姆吼叫起来。他的大拇指被刚关上的栅栏门夹了一下。

史莱歇尔、克鲁姆和门房不得不眼看着凯慢慢地升了上去。

"他逃不了！"门房说着按下电梯的红色紧急制动按钮。电梯停在了半空中，里面的人出不来，外面的人也进不去。

凯被困住了。

第8章
礼帽上的 TUT 字样

Kai aus der Kiste

忽然,凯高高举起拳头,大喊一声:"今天夜里每人能挣到一美元,你们想不想?"

"想——"所有在场的男孩异口同声地回答道。

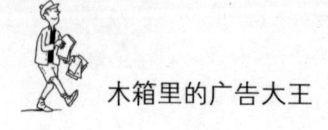

就在这一瞬间,警长布姆塞从老火车站栅栏外面经过,听见这声呼喊之后立刻起了疑心。他掏出哨子吹了起来。

警察从四面八方跑了过来。他们用警棍敲打着人行道,现在,跑步赶来的警察越来越多了。

"老火车站里出事了!"警长布姆塞说道,他摇晃着上了锁的栅栏。

"只能从后面进去了。"他说着就松开了手。

他们围着老火车站开始了紧急行动。黑手帮的探子老远就看见了他们并吹响了口哨儿。

"这些淘气鬼吹口哨儿干什么?"警长布姆塞问道。

流浪儿童在到处乱跑,险些被警察们踩到。

"让开!"警长的声音如雷声滚动。

男孩们立刻让开道,老火车站被警察们占领了,可是现在里面却空无一人。

"我现在走上去,"门房说道,"让电梯下来。然后,你们二位就可以在下面抓住那个男孩了。"

刑警史莱歇尔点了点头。克鲁姆揉着被夹了一下的大拇指,像一只斗牛犬似的看着电梯间。

门房沿着楼梯走了上去。

他感到很满意。三百马克简直就跟白送的一样,足够他买一块渴望已久的、带不锈钢链子和坠子的金怀表了。

他只要按一下电梯旁边的"下降"按钮,然后他的梦想就能成真了。门房按下了按钮。

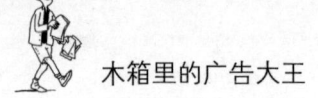

"他来了！"楼下的刑警史莱歇尔说道。

就在这个瞬间，库巴尔斯基先生正好走进来，他衣着讲究，浑身散发着香味。

电梯停住，克鲁姆一跃而入，史莱歇尔在后面监视着。这一次他跑不了了。

那个男孩立刻被抓住并被带走了。库巴尔斯基先生微笑着。然后，他让开电梯的男孩把他送上楼。

他要去二楼12号房间。

"啊！"乔·艾伦先生说道，"打赌的双方来了一方。现在让我们等一等那个男孩。"

"我担心，"库巴尔斯基先生提醒道，"这会耽误很长时间的。"

"不会。"一个声音在他们背后响起，"我已经到了。"

那个穿天蓝色制服的电梯男孩，不声不响地跟着

库巴尔斯基先生走了进来。原来这个电梯男孩就是凯。

"啊!"乔·艾伦先生说道,"他也到了!"

"哎!"库巴尔斯基先生本想说话,现在却张口结舌,不知道说什么了。然后,他一屁股坐在了身后的沙发上。

"你怎么穿着电梯男孩的制服,凯?"乔·艾伦先生问道。

"没什么。"凯说道,"这样别人就认不出我了。电梯男孩把他的制服借给我了。"

"他也是黑手帮的成员吗?"

"可能吧!"凯回答。

好吧。

乔·艾伦先生宣布会议开始。

"库巴尔斯基先生,您的年薪是多少?"

库巴尔斯基先生的年薪是三千马克,但他说的是三万马克。

"好。"巧克力大王说,"作为乔·艾伦·范·布拉姆斯公司的广告大王,每个月您将挣到三十万马克。"

"太好了!"库巴尔斯基先生接着说,并拍了一下架在右腿上的左腿。

"先生们!"乔·艾伦先生继续说道。直到这一瞬间,凯才忽然意识到,这个"们"里是包括他的。"我在美国弗吉尼亚州有一座自己的城市,叫作范·布拉姆斯城,它坐落在范·布拉姆斯河畔,那里全是巧克力工厂。那些工厂每天能生产一千万块巧克力。"

"哇,"凯惊叫了一声,"要把它们全部吃完!"

"你应该说,要把它们全部卖出去。"巧克力大王纠正道,"这就是我来欧洲的原因。我要把我的巧克力推广到欧洲,在每一座大城市卖两个特定的品牌。我需要做大量的广告。所以我要在每一座城市里任命一个广

Kai aus der Kiste

告大王。"

乔·艾伦先生停顿了一下，然后说道："你们两个将

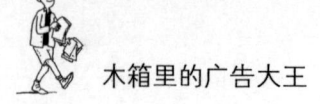

要展开一场争当广告大王的比赛。我提出的任务是看谁两天之内先得到一百五十分。

"每个人要为他的品牌做尽可能多的广告,我会在城里溜达并仔细统计我碰到广告的次数。在这一百五十分中,必须至少有一种广告是我从未见过的。"

"小事一桩!"库巴尔斯基先生说道。

凯没吭声。

"我想引进的两个品牌是 TAT 和 TUT。请你们选择。"

"TAT。"库巴尔斯基先生说。

"TUT。"凯说。

"好。"乔·艾伦先生说道,"请记住了,先生们,我在任何情况下都丝毫不会放宽我的要求。比赛从今天四点钟开始,到后天下午四点前最后一秒结束,四点半我将离开柏林。到时候,即使你们谁都没有完成我的任

务,我也会离开。在这种情况下,我将从美国派一个广告大王来。"

乔·艾伦先生掏出他计时精确的怀表,说道:"先生们,现在是差两分钟四点。两分钟后比赛开始。"

库巴尔斯基先生也立刻掏出他的怀表。两分钟一到,他就抓过自己的大礼帽,站起来,鞠了一躬,然后就戴上礼帽走了。

"TUT 得一分。"凯说。

他已经飞快地将一个纸片插到库巴尔斯基先生的大礼帽上了,纸片上写着 TUT。

第9章

一位先生站在那儿望着天空

Kai aus der Kiste

"你还等什么呢?"巧克力大王在他的笔记本上给 TUT 记上一分,然后问道。

"等我的钱哪。"凯回答。

"啊,我差点儿忘了。"乔·艾伦先生大声说道,"打赌的那一千美元吗?"

他坐到桌边,给工业银行写了一张支票,银行会以他的名义向携带此支票者支付一千美元整。凯把支票塞进帽子里,说了声谢谢就出去了。

刚才在电梯里与凯换了衣服的电梯男孩正站在门口等他,与此同时,门房正从台阶走上来,史莱歇尔和

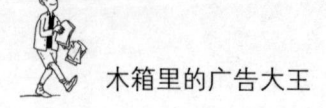

克鲁姆在下面等着。刚才谈话的时候,电梯男孩已经被警察放了,因为他已经证实自己不是他们"要找的那个男孩",然后他从后面的楼梯潜回了饭店。

现在凯要把那身制服还给电梯男孩。

在二楼洗衣间里,他们换了衣服。凯说:"下次集会时,你会因自己的突出表现得到奖励。"

电梯男孩高兴得脸上直放光。

他们换好了衣服。凯现在看起来还是凯,电梯男孩又穿上了他的天蓝色制服。他们一起乘电梯下楼了。

史莱歇尔和克鲁姆又站在下面等着了,当然,这是库巴尔斯基先生和门房早就安排好的。现在,史莱歇尔和克鲁姆确切地知道,他们要抓的是穿天蓝色制服的男孩,所以他们让另外一个走了。

但是谁能想到呢,他们再次抓错了人!

时间宝贵。库巴尔斯基先生迈开大步走了,凯也知

道该抓紧时间了。

然而,今天凯并不打算做更多的事情了。他走进工业银行,兑换了那张一千美元的支票。

他从银行门口乘坐 E3 路无轨电车去了康德大街。售票员走过来,凯买了车票,他感觉美滋滋的。"像艾丽卡梦中的王子。"他自言自语。

海格立斯已经在报亭旁边的莫伦考普夫咖啡馆前面等了他足足一个小时。海格立斯比大响尾蛇大两岁,而且高出一头,不过他还是一直耐心地等着,再等两个小时他也不会厌烦的。

凯和他一起走进一个院子里,交给他九百九十九美元兑换的四千一百九十五马克八十芬尼。

海格立斯把眼睛瞪得老大。他自从出生以来还从未见过这么多钱,更不用说拿在手里了。

大响尾蛇说:"你来保管这些钱,今天晚上就把这些钱分给大家。每人得到一美元,也就是四马克二十芬尼。我的那一美元已经拿了。剩下来的存入我们的账户作为活动资金。"

"是是是。"海格立斯结结巴巴地说道,把那一大把钱塞进两边的裤兜里。

"路上有侦探吗?"大响尾蛇问道。

"有。"

大响尾蛇立刻走开,消失在人群中。

半小时后,凯出现在选帝侯大街上的阿莫朗玩具商店前面。那儿有一个橱窗,里面成堆地展示着全世界最漂亮的玩意儿:能发出响声的金色陀螺、荷兰小车、皮球、弓箭、玩具熊、网球拍、会游泳的动物玩偶和布娃娃。布娃娃至少有二十种:金发的、黑发的、蓝眼睛的、棕色眼睛的……她们的裙子有天蓝色的,有浅绿色的。

每一个布娃娃都装在一个特制的盒子里,伸开宽松的粉红色袖子,好像在说:"请把我买走吧!"凯把手在裤兜里握成拳头,攥着那四马克二十芬尼,同时一个一个地看着那些布娃娃。最后他走进商店。

商店里的顾客都是举止高雅的女士,她们领着的孩子衣着讲究。起初,根本没有人注意到凯的到来。终于,有一位售货员发现了他,问道:"你是想买点什么吧,小男孩?"

"是的。"凯说,"想买一个布娃娃。"

"是吗?"售货员问道,"买给谁呀?"

"给艾丽卡。"

"艾丽卡?"售货员想了想,"那是怎样一个艾丽卡呢?"

"我妹妹。"凯回答。

"好。"售货员说,"你想买哪一种布娃娃呢?"

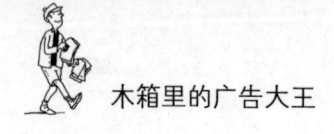

"嗯……"凯说,"橱窗里的那个。"

他指着橱窗里站立着的那个,那是所有布娃娃中最漂亮的一个。售货员把那个布娃娃拿过来,看了看它胳膊上挂着的价目牌,说道:"二十五马克。"

"不。"凯说,"我想买一个不超过四马克的布娃娃。"

"好。"售货员说着走过去,提来一个筐,筐里面横七竖八地躺着许多布娃娃。筐上挂着一个纸签,上面写着:"一律三马克五十芬尼。"

凯慢慢地看着。忽然,他看见一个布娃娃穿着有星星图案的蓝色连衣裙。"我就要这个。"他说。

那位售货员把布娃娃包好。

九点时凯回到了家。艾丽卡已经睡着了。凯打开包装纸,小心翼翼地把布娃娃塞在艾丽卡身边的被子下面。

"凯!"第二天早晨,艾丽卡从房间的另一个角落大声喊道,"凯!"

她走到哥哥的床边,抓住哥哥的肩膀,使劲地摇晃。凯终于睁开了眼睛。

"凯!"艾丽卡说,"王子来过了,我一点儿也没有发觉呢。他带来了一个布娃娃!"

"你瞧,"凯打了个哈欠,"昨天我不是就跟你说过了吗?"

艾丽卡又跑回自己的床铺,布娃娃端庄地坐在那里。它穿着带星星图案的连衣裙,和艾丽卡希望的一模一样。她甚至检查过布娃娃的眼睛能不能睁开又合上。它能,正如先前她对凯说的那样。

"亲爱的布娃娃!美丽的布娃娃!"艾丽卡小声说着,跪了下来,用手指摸着它的鞋和丝袜。这是一个高贵的布娃娃,它还穿着一条黄色的衬裙。所以,它是一

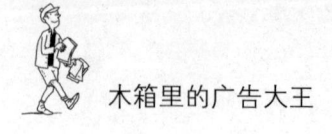

位王子送来的，值三马克五十芬尼。价格标签就贴在鞋底。

凯从裹着的被子里爬起来，穿上了他那条皱巴巴的裤子。床上的布娃娃垂下眼睛。

这时候，楼下大街上响起口哨儿声，那是暗号：侦探带来了消息。凯跑出门，骑着楼梯的栏杆，嗖的一下就滑到了楼下。

凯在楼门前的台阶附近见到了他们的侦探。他们装作第一次见面的样子，开始在路边排水管旁玩弹玻璃珠的游戏。他们蹲着，看起来像在交头接耳。侦探开始报告。

事关库巴尔斯基先生。他离开皇家饭店之后，黑手帮的侦探就一直在跟踪他。

库巴尔斯基先生和另一个男人一起开车到处转，从一个广告柱到另一个广告柱。有时候他们会从车上

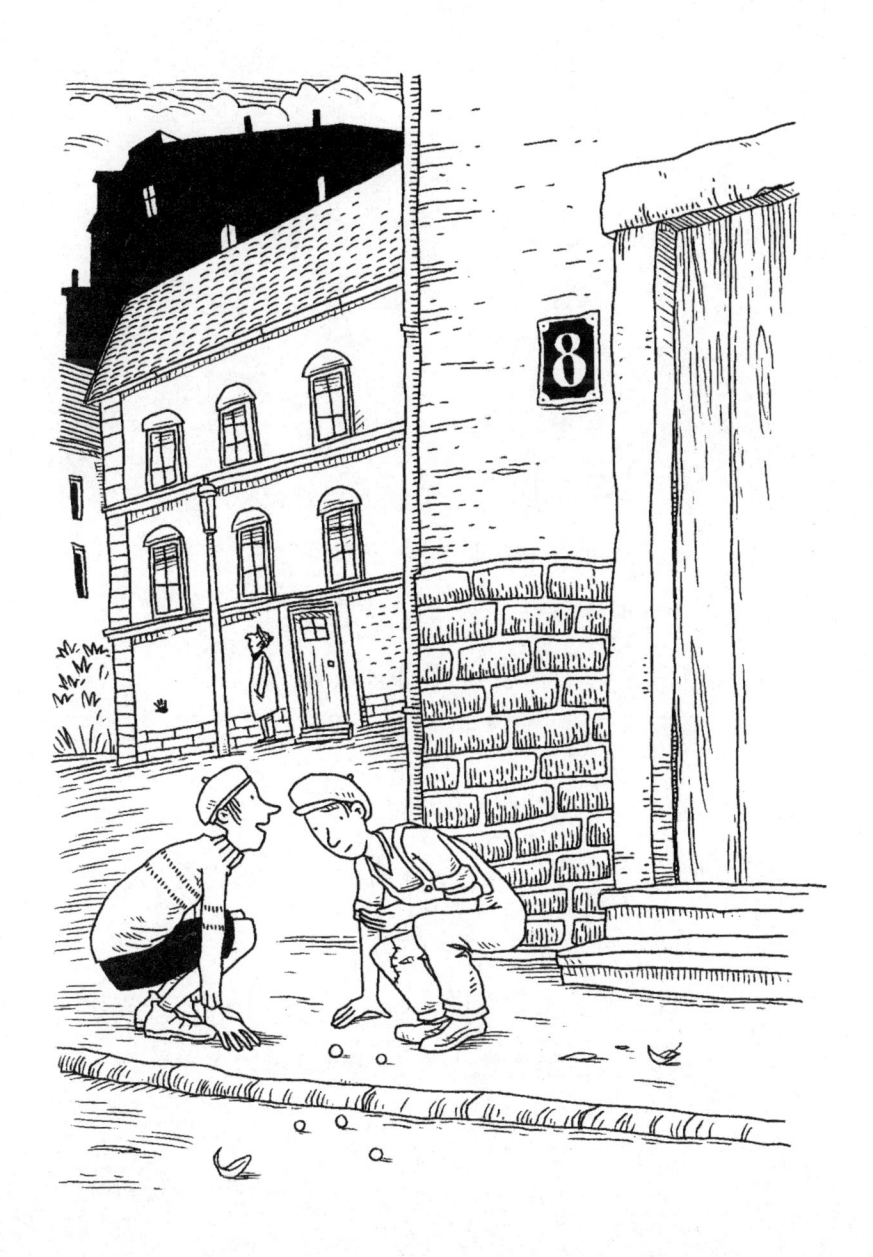
8

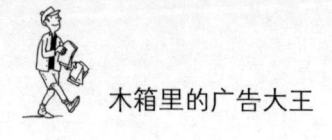

下来,拿着米尺去测量广告柱。

"然后呢?"凯问。

"然后,他去定制了一万份广告。"

"在哪里?"

"在高亮印刷厂,就在卢森堡大街。"

"广告怎么写的?"

"TAT,世界上最好吃的巧克力。"

"还有别的吗?"

"没了。哎,你认识对面那个人吗?"

"那个先生?"

"那儿,站在黄色楼房前的那根灯柱右边。"侦探说道,"他已经在那儿站了很长时间,不停地向这边张望。"

凯向那栋黄色的楼房看去。那儿站着的一位先生正在望着天空。凯也抬头看天,他想:也许天上有一个

气球。可他看了半天却什么也没看见。凯认识那个人。

凯站起来,把玻璃珠装进口袋,一个人顺着大街走去。侦探坐在排水管上,开始数他的玻璃珠。当凯走出他的视线时,他站起来朝相反的方向走去。

第10章
一个小家伙让弗里跟普夫先生累得上气不接下气

那个站着望天的先生是名探路易·弗里根普夫。

路易·弗里根普夫什么都知道。也就是说,库巴尔斯基先生把什么都告诉他了。

凯走进一家食品店,站在柜台前,尽量摆出一副傻乎乎的样子。

"你要买什么,小家伙?"女售货员问他。

"女士,"凯对女售货员说,"我忘了件事,你能不能让我打个电话?"

"行啊。"女售货员说,"你已经会打电话了?"

"嗯,是的。"凯回答,"如果电话没有坏的话。"

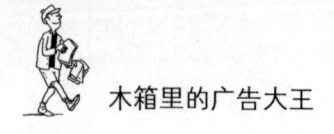

电话没有坏。电话机在储物间，那里散发着圆面包和俾斯麦青鱼的味道。那儿还有一本油腻腻的电话簿。

凯查到了电话号码。电话铃响了，他故意带着口音说道："请转北楼7442办公室！"

"你好？是高亮印刷厂吗？我是库巴尔斯基。库——巴尔——斯基。我在您那儿定制了一万张广告。其中有一个错误。请把其中的A改成U。什么？已经印好了？那请您立刻重印。TUT——听清了吗？什么？已经取走了？您听清楚了，赶快印一万个字母U，并立刻派人把字母U贴在字母A上！"

凯放下听筒，走回柜台，说道："女士，现在我想起来要买什么了。五块冰糖！"

当凯走出食品店的时候，那个先生已经站在门口了，他望着天空。

一辆大卡车从石子儿路上轰隆隆地开了过去。

"早上好,弗里根普夫。"说完,凯把五块冰糖全塞进嘴里,追上卡车,爬了上去,坐在车厢上。

弗里根普夫不动声色。他像所有著名的侦探一样冷静,对任何事情基本上都不会感到惊异,除了在极其紧迫的情况下。

弗里根普夫先生走向街角,他的自行车放在那儿。他把帽檐转到脑后,然后跨上自行车,向着刚才的那辆卡车追去。

在他就要追上卡车的时候,被追赶的小家伙却从车上跳了下来。旁边正好是毕娄大街的地铁站入口。

凯立刻顺着台阶跑进地下通道。弗里根普夫立刻把自行车靠在排水管旁边,也顺着台阶跑了下去。当他跑到下面的时候,发现小家伙已经沿着对面的台阶跑了出去。弗里根普夫也追到对面的台阶上。当他失望地回去骑自行车时,发现车已经被人骑走了。骑在车上的

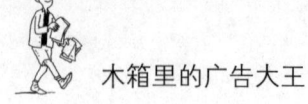

不是别人,正是他追赶的那个小家伙。

弗里根普夫先生等在那儿。一辆摩托车飞驰而来,他伸手拦住。

"停!"他说,"下来!"

"为什么?"骑摩托车的人问道。

"警察!"弗里根普夫先生说道。他骑上摩托车,嗒嗒地开走了。

Kai aus der Kiste

他像魔鬼一样嗒嗒地追赶着自行车，沿着毕娄大街一直向前，然后拐进选帝侯大街。绕过周年纪念柱时，五个警察把摩托车的号码记了下来，因为他违反规定超速行驶。

突然——在朗科大街的街角——他看见那辆自行车正静静地靠在排水管旁边。弗里根普夫先生停了下

来，把摩托车靠在自行车旁边，冲进一旁的大楼。

"弗里根普夫先生！"有人在楼梯间大声喊道。

弗里根普夫先生没有吭声，直奔楼上，第一层、第二层、第三层、第四层、第五层。这时，电梯却呼啸着从他面前冲了下去。

"弗里根普夫先生！"电梯里面有人大喊一声。

弗里根普夫先生又转身向楼下跑去。当他来到下面的时候，那个小家伙站在那儿说道："弗里根普夫，你这只苍蝇，还是吹你的口哨儿去吧！①"

小家伙说完就飞快地跑了。

弗里根普夫先生发动摩托车，准备去追。

只听摩托车刺刺地叫起来，然后轮胎就瘪了。

弗里根普夫先生去骑自行车。

---

① 弗里根普夫的名字（Fliegenpfiff）是由 Fliegen（苍蝇）和 Pfiff（口哨儿声）两个词组成的。此处，小男孩在拿他的名字开玩笑。（译者注）

自行车也在刺刺地漏气。

原来是凯把轮胎的气门芯给拧开了。

现在弗里根普夫先生只好乘下一班有轨电车回家了。

第11章
库巴尔斯基先生与特劳伊奥格小姐在公园里散步

Kai aus der Kiste

所有的广告柱上都贴着一张很大的玫瑰红色的广告,上面印着:

> TAT
> 世界上最好吃的
> 巧克力

十二点时,市天文台上响起了三声发射信号弹的火炮声。由于城市的喧嚣,炮声传得不是很远,但现在可以远远地看见那边升起了三十个大系留气球,这是库巴尔斯基先生租用的。

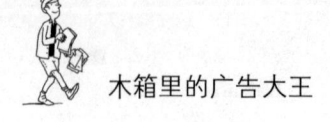

"这种想法我已经见过上百次了。"巧克力大王对一位陌生人评价道。那个陌生人受库巴尔斯基先生委托,专门来询问他如何看待这个广告创意。

三十个系留气球撒下了大量的绿色纸片,上面印着"TAT,世界上最好吃的巧克力"。可是,谁也没有机会读到绿纸片上面的字。街头流浪儿童闪电般地扑向每一张落下来的纸片。他们一边打闹,一边争抢,大喊大叫,满地打滚儿。对于他们来说,好像天国的幸福就系在这些绿色的纸片上了。

系留气球落地时,地上已经连一张绿色的纸片都看不见了。和纸片消失的速度一样,那群流浪儿童也迅速消失得无影无踪。

库巴尔斯基先生从一个警察跑向另一个警察。

"我要求你们把那些孩子赶走!"他大声说道,"这是一种盗窃行为!"

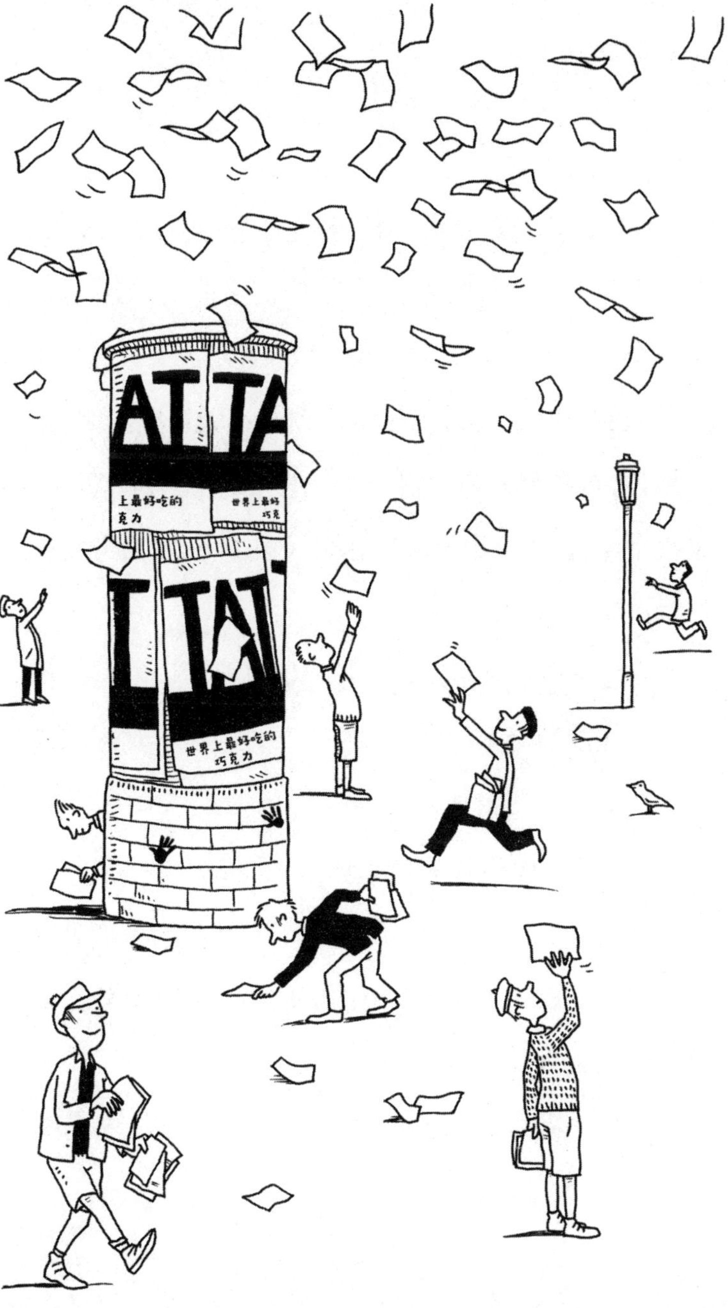

ATTA
上最好吃的
克力
世界上最好
巧克
TTAT
世界上最好吃的
巧克力

但警察们耸了耸肩,微笑着说:"赶走?往哪儿赶?"

街头流浪儿童像老鼠一样,他们熟悉每一个洞穴,每一个角落,每一个后院。他们会躲进附近最漂亮的楼房,顺着楼梯向上跑,然后从屋顶的小天窗爬出来,跑过屋顶,再顺着避雷针滑下去,进入后院,从那儿再钻进地下室,接着会突然出现在另一条街上,从后方爬上一辆汽车,逃之夭夭。

库巴尔斯基先生只好气呼呼地回家了。吃午饭时,他的气还没消。不一会儿,他就躺在一张躺椅上睡着了。

他做了一个奇怪的梦:许多大块的巧克力从窗口飞进屋里,又从门口飞了出去,每一块巧克力都像谷仓门那么大,每一块巧克力上面都印着**"TAT,世界上最好吃的巧克力"**!

几百块巧克力飘飘悠悠地飞进来飞出去。椅子都

被碰倒了,砰砰地砸在楼梯上滚了下去。整座楼在颤抖,镶着特劳伊奥格小姐照片的镜框也从五斗橱上掉了下去。这时,库巴尔斯基先生醒了。

"孩子!"他大喊大叫起来,尽管他周围一个孩子也没有,"孩子,这可是一个了不起的广告创意呀!"

他双脚并拢,从躺椅上下来,情绪一下子好极了。

"我必须把这个梦讲给绿蒂雅听!"

库巴尔斯基先生穿上靴子,拄着拐杖,出门拦下一辆汽车,驶向圣灵大街 26 号,他的未婚妻绿蒂雅·特劳伊奥格住在那儿。

他在下面拉响了门铃,特劳伊奥格小姐立刻从楼上下来了。

"我们出去转一圈吧,亲爱的绿蒂雅。"库巴尔斯基先生说道。

"你真帅,亲爱的亚历山大。"特劳伊奥格小姐说。

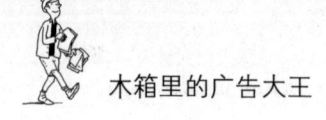

然后他们就坐车出去了。

在他们遇到的第一个广告柱旁边,库巴尔斯基先生让车停下,指了指那上面玫瑰红色的广告:TAT,世界上最好吃的巧克力。

"你喜欢吗,亲爱的绿蒂雅?"他问道。

"很喜欢,亲爱的亚历山大。"特劳伊奥格小姐回答。

然后他们继续前往公园。到那儿后,他们下了车,开始散步。

"你猜猜,那个美国的巧克力大叔将支付我多少薪酬?"库巴尔斯基先生问。

特劳伊奥格小姐高兴地撑开阳伞,大声说道:"四千?"

"你想得到吗?"库巴尔斯基先生说,"月薪三百万哪!哎,你想说什么?"

特劳伊奥格小姐什么也没说。她惊讶得简直无法开口了。

"当然是美元。"库巴尔斯基先生感到有些头晕了。

特劳伊奥格小姐越来越惊讶了。幸亏前面就是一张白色的公园长椅,他们便坐了下来。

"每个月三百万美元!"特劳伊奥格小姐叹了口气,"有那么多……那么多钱,我们该去哪儿呢?"

"去哪儿?"库巴尔斯基先生说,"首先我们去度蜜月,上中下,围着地球转三圈。"

"亚历山大!啊……"

"然后,我们建造一座大理石别墅,所有房间的墙壁都裱上丝绸,再铺上波斯地毯。当然我们也必须有属于自己的带大厅的齐柏林飞艇[1]。"

---

[1]齐柏林飞艇是由德国著名飞船设计家斐迪南·冯·齐柏林伯爵设计的一种硬式飞艇。

"亚历山大,"特劳伊奥格小姐大声说道,"然后我也要一套梯茨海姆的名牌格子套装,对!"

"啊,绿——蒂——雅,"库巴尔斯基先生说,"一件套装算什么!我们每天早晨买一套新的,把前一天买的扔掉。"

他们站起来,挎着胳膊穿过公园往回走。他们沉浸在关于钱和幸福的美梦里,对周围的一切毫无察觉。后来,他们到底还是发现了一些异样。大街上所有的孩子都跟在他们后面大声喊叫着:"TUT!TUT!"

"这是怎么回事?"库巴尔斯基先生大声喊道。

"TUT!TUT!活该!"孩子们喊道。

"我要你们马上滚开!"库巴尔斯基先生大喊起来。他转过身,这时,他看到自己未婚妻的后背。"绿蒂雅,"他大声喊道,"你的外套!"

像往常一样,只要和库巴尔斯基一起外出,特劳伊

奥格小姐总是穿上她那件漂亮的深绿色短外套。现在，她的后背上突然出现了一个白色的字母 T。

"亚历山大，"就在同一瞬间，特劳伊奥格小姐也大声喊道，"你的礼服！"

库巴尔斯基先生穿着黑色的燕尾服。他的后背上有两个巨大的字母——U 和 T。

库巴尔斯基先生和特劳伊奥格小姐站在一起时，后背上的字母就组成了 TUT。

这是他们坐在公园长椅上的时候被印上的。在此之前，黑手帮已偷偷地用白漆在所有长椅的靠背上涂写了 TUT 这几个字母。人们一般要等到站起来以后才会发现，不过也不全是这样。

乔·艾伦先生偏偏在这时越过马路向他们走来，看见了这个不愉快的事件。

"你好，库巴尔斯基先生！"他大声喊道，"啊，这样

的广告我可真的还没见过！您对此有何评论？"

"我要以损坏他人私有财产罪告发他们。"库巴尔斯基先生气愤地说道。

"啊，别这样。"乔·艾伦先生说道，"我很乐意赔偿这位女士的短外衣和您的燕尾服。"

他掏出钱包，从里面抽出一张一百美元的钞票，递给库巴尔斯基先生。特劳伊奥格小姐喜形于色。她想的是可以立刻去买那套梯茨海姆的名牌格子套装了。

"此外,"乔·艾伦先生一边说,一边把钱包装进衣服口袋,"库巴尔斯基先生,您现在也该做点什么了吧。我已经给 TUT 记下了十四分,而 TAT 还一分都没有呢。"

"可是,怎么会呢?"库巴尔斯基先生结结巴巴地问道,"您没有看到我的广告吗?"

"您的广告?在哪里?"

库巴尔斯基先生带着巧克力大王快步向最近的一个广告柱走去,但他突然呆若木鸡地站在那儿了。

只见那上面的广告变成了:

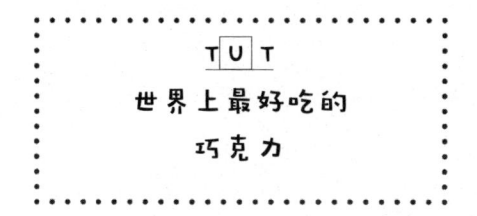

```
TUT
世界上最好吃的
巧克力
```

第12章 前前后后都是——TUT

Kai aus der Kiste

　　傍晚，黑手帮的孩子们开始了一场比赛。五点左右，天色渐阴，一车煤倾倒在柏林高等法院大楼前面。大楼总管雇用了几个孩子，准备让他们把煤铲到地下室里去。现在正是下班时间，人们都匆匆忙忙地赶着回家，没有人左顾右盼，谁也没有注意到孩子在铲煤。

　　但是，半个小时之后，大楼总管屋子的门铃猛地响了起来。一个警察站在门口，说道："听好了，您的煤到底是怎么回事？"

　　总管放下报纸，戴上眼镜，跟着警察来到外面，看见大街的人行道上用煤块摆出的字样：

木箱里的广告大王

TUT

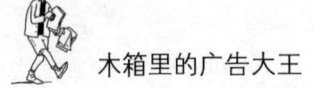

　　这看起来很有艺术性,可惜"艺术家"们却无影无踪了。大楼总管本来还想"很热情地"赞赏他们一下。

　　"艺术家"们没有时间,六点钟他们要在亚历山大广场上表演。他们带着一个箱子和一架很大的望远镜出现在广场上,此外还有一个三脚架。那望远镜当然不是真正的望远镜,而是一截旧烟筒。三脚架则是用支扁豆藤的木棍制作的。孩子们将木棍的一头用绳子扎紧,立起来再分开就成了三脚架。不过天黑了以后,人们看不清那是什么做的。

一个男孩站到箱子上,发表了一通演说。"先生们,"他大声说道,"天上出现了一颗新星。敬请各位从这个望远镜观看!不要钱,什么都不要!看过之后,您将终生难忘。"

因为不要钱,所以很多人都想上去通过望远镜观看那颗新星。他们看过之后,都大笑起来,因为他们大笑不止,所以有更多的人想去看个究竟。乔·艾伦先生也上去看了。这时候,一个警察走过来说道:"散开!这里发生了什么事情?"

人们立刻散开了。警察也登上了木箱。

"这是一个什么玩意儿?"他问。

"天上出现了一颗新星。"那群孩子中的一个说道,"请您通过这个望远镜看一看吧。您将看到您的蓝色奇迹……"

"闭嘴!"警察说完,也通过望远镜去看。烟筒内壁

木箱里的广告大王

有一盏弧光灯,烟筒上头粘了一块玻璃,玻璃上用红墨水写了一行字:TUT 是一颗新星。

警察想下来抓那些男孩,可是他们早已跑得无影无踪,只剩下警察在这里守护着望远镜和三脚架。

人们大笑了一阵就散开了。忽然一个声音喊道:"小心!扒手!"

每个人都立刻摸自己的衣兜,检查自己是否丢了东西。但是恰恰相反,几乎所有人都发现兜里多了个东西:一张纸条。所有的纸条上都写着:**TUT,新时代最好吃的巧克力!**

"妙极了!"乔·艾伦先生心想,他掏出笔记本,想给 TUT 记两分,一分给望远镜,一分给字条。当他打开笔记本的时候,发现笔记本上写着:**TUT 是所有巧克力中最好吃的**。他不得不又加了一分。

然后,他就听到吕曹大街街角起了一阵喧嚣。原来是一个孤苦伶仃的小男孩坐在人行道上号哭。

"孩子,你哪儿不舒服?"一位女士问他。

"TUT……TUT……TUT……"

"可怜的孩子。"一位胖胖的先生说道,"他口吃。显

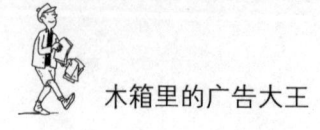

然他找不到母亲了。"

"你叫什么名字?"他开始询问那个可怜的结巴男孩。

"TUT……TUT……TUT……"

"TUT……TUT 到底是什么意思?"

"TUT,"小男孩突然说道,"世界上最好吃的巧克力。"

围观者全都大笑起来,但那位胖先生说:"等一下,淘气鬼,我要帮帮你!"

他一把将小男孩抱起来,让他趴在自己的膝盖上,还拉下了他的裤子。

周围立刻又爆发出一阵响亮的笑声。

胖先生愣了一下,接着自己也不得不跟着大笑起来。他松开那个男孩,让他跑了。

原来男孩裤子里臀部的位置用粉笔写着:TUT 巧克力。

乔·艾伦先生不得不再次掏出笔记本。十分钟之后,他又给 TUT 加了一分。

他从剧院前面经过。那里人头攒动,连有轨电车也放慢了速度,几乎要停下来了。戏剧《剥头皮与活埋》的演出刚好结束,观众从剧院大厅里拥出来。他们当中至少三分之一的人屁股上都粘着一张纸条,上面写着:

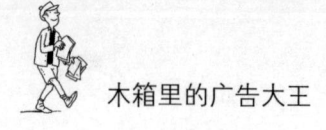

TUT，当代最好吃的巧克力。

那些纸条背面涂上了胶水——背面朝上——被偷偷地放在座位上。观众在黑暗中坐了上去。现在，他们一边咒骂，一边大笑着互相帮助，撕下那张讨厌的纸条。

巧克力大王掏出他的笔记本，写了这样一句话：**前前后后都是——TUT**！

第13章
弗里根普夫先生跟踪又失败了

第二天早晨,弗里根普夫先生收到一封信:

> 弗里根普夫!
> 如果您再到处窥探,就让您
> 没有好果子吃。
> 顺致
> 崇高的敬意
> 黑手帮

这使他怒不可遏,但他是不会被吓住的。

除了他以外,城里还有无数人也收到了黑手帮的信。巧克力大王一个人就收到了四十三封,他还支付

了四马克三十芬尼的邮资,因为那些信都没有贴邮票。信里写的是:祝您健康,请吃 TUT 牌巧克力。

欠邮资是一种无耻的行径,更严重的是电话骚扰。电话铃每五分钟响一次:"您知道什么是 TUT 吗?"

"不知道,该死的!"

不一会儿,电话铃又响起来了。

"你好?"

"吃过 TUT 牌巧克力吗?"

"我根本就不想吃!"

"那您就让我觉得太可惜了!"

"不要脸!你是谁?"

"TUT……TUT……TUT!"

乔·艾伦先生跑出门去接了六十七次电话。不去接也不行,因为他不知道这一次仍然是 TUT 呢,还是有重要的事情。

木箱里的广告大王

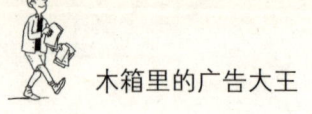

为了不一而再,再而三地从房间里出来接电话,他索性把椅子搬了出来,放在楼道里的电话机旁边,坐在那儿了。如果电话里问他是否吃过 TUT,他就说"是的,吃了很多",然后就在笔记本上记一分。

清洁工忙活了整整一个上午才把广告柱刷洗干净。

昨天夜里,几乎所有的广告柱都被那些孩子贴上了新的广告,现在广告上写的是:

TUT
对牙齿最好的巧克力!

TUT 售价总是最高
奥古斯特·施蒂姆菲希专卖店欢迎你
免费送明信片

> **TAT** 还没有传开
>
> 你家里有 **TUT** 吗？

中午时分，电话局开始拒接电话，因为几乎所有的电话都被挂断了。可是乔·艾伦先生却高兴了，这下子他就可以重新回自己的房间去了。

与此同时，邮局也拒绝送信了。城里大多数信箱都塞满了信件，人们也不想接收邮件了，最重要的是不愿意缴纳欠邮资的罚款。

不过，还有更糟糕的事情。凡是窗户开着的家庭，都会有箭和木头标枪嗖嗖地飞进来。箭和标枪上都带着纸条，纸条上写着：**您必须尝尝 TUT！**

许多家庭的镜子或者陶瓷餐具被打碎。这种情况

绝对不能继续下去了。

下午一点，全城宣布戒严。报纸出版了号外：打倒TUT！

街头流浪儿童沿着人行道奔跑着散发号外，站在每一个街角大声喊着号外的标题。这是一种新的广告，

Kai aus der Kiste

"你……你竟然认出我了？"库巴尔斯基先生结结巴巴地说道。

"是的。"凯说，"对面那位先生也认出你了。现在你跟我来，但不要引起他的注意。"

"哪位先生？"

"对面人行道上，水果店前面，站在流动书摊旁边的那个戴运动帽的人。"

"他是谁？"

"弗里根普夫。"凯说着走到前面。

凯上了刚开过来的有轨电车,库巴尔斯基先生也跟着上了车。弗里根普夫先生立刻坐上一辆出租马车。

"跳下去!"凯小声说,同时从库巴尔斯基先生身边挤了过去。

他们下了车。凯闪电般地消失在人群中,但库巴尔斯基先生没有那么灵活。弗里根普夫先生看见了他,立刻让马车停下。

"快!"凯说着推了一下库巴尔斯基先生,走进地下通道。但麻烦的是,库巴尔斯基先生必须买票,否则他过不了检票口。这时候,弗里根普夫先生已经追了上来。他们上了同一辆开往老火车站的地铁,幸好不在同一节车厢里。弗里根普夫先生是在车刚开动的时候跳上最后一节车厢的。

"往前面的车厢走!"车到站的时候,凯大声说道,

但同时也是最后一个,因为他们的计划现在也落空了。两点时,官方的印刷厂送来了巨幅布告,警察们在到处张贴。布告上写的是:

> **布告**
>
> 从现在起,禁止任何人张贴广告。
> 如有违反,严惩不贷。
>
> 警备司令
> 拉斯勒·冯·克瓦瑟尔

当库巴尔斯基先生看见这份布告时,脸唰的一下子白了。因为他刚刚让人做好了二百块巨大的巧克力广告木牌,此刻正在运送的途中。那是梦想中的广告创意!那巨大的广告牌上写着:TAT,最好吃的巧克力。

运送巧克力广告牌的工人立刻被拦住并接受询

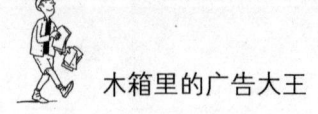

问,警察想知道是谁给他们的任务。

是一位名叫库巴尔斯基的先生。

巨型巧克力广告牌被统统没收了。刑警开始寻找库巴尔斯基先生。库巴尔斯基先生买了一副蓝色墨镜、一件防雨披肩,在一家理发馆里粘上了胡子。现在连他自己也不认识自己了。但他刚走到街上,背后就有一个声音说道:"你好,库巴尔斯基先生!"

库巴尔斯基先生腿一软,差点儿摔倒。他定了定神,站起来,立刻落荒而逃,头也不敢回。可是,他还是觉得背后有人在跟踪他。

"慢点,慢点。"他身后的那个声音发出嘘声,"您可要慢点走呀!"

库巴尔斯基先生气喘吁吁地站住了,他承认自己输了,并决定面对自己的命运。

他的命运就是——凯。

"下车后赶快跑!"

但是,弗里根普夫先生也从后面跑来了。要不是他从最后一节车厢下来,差一点儿就在检票口抓住库巴尔斯基先生了。一个肥胖的女商贩提着两只篮子,在最后一刻挤到了他们两人之间。

当他们来到老火车站后面的时候,凯命令道:"现在可以走慢点了!"

"慢点?"库巴尔斯基先生问道,同时回头向后看。弗里根普夫先生已经跑起来了。

"慢点!"凯重复道,同时一只手紧紧抓住库巴尔斯基先生的衣袖,把另一只手的手指放进嘴里,吹响了大响尾蛇的暗号。所有的角落立刻响起回应的口哨儿声。

"嗯?"弗里根普夫先生心里疑惑起来,"这是怎样一种奇怪的回声?"

突然,街头流浪儿童从四面八方一齐跑了过来。他们手里都拿着小叉子。这时,弗里根普夫先生的耳朵周围回荡着口哨儿的回声。

"难道有苍蝇?"弗里根普夫先生心里想着,停住了脚步。

啪!他抓到一只。啪!又抓到一只!

很快,弗里根普夫先生就确认,那不是苍蝇,而是豌豆。原来孩子们手里举着的"小叉子"是弹弓,豆子是他们用弹弓打来的。情况有些不妙。

弗里根普夫先生有处变不惊的本领,这一次也充分地表现出来了。他掏出手帕,举起来摇了摇,意思是:停战!和平!撤退!

然后,他就转身飞快地跑回去了。

弗里根普夫先生在老火车站前面一直等到晚上,可是,那两个被跟踪的家伙始终没有出来。真倒霉,本来他高兴了好一阵,以为他能一箭双雕呢。

第14章
差一分鐘和缺少兩分

木箱里的广告大王

库巴尔斯基先生感到惊异：老火车站脏兮兮的候车厅里聚集了一群同样脏兮兮的街头流浪儿。他们的工作台其实就是几块搭在凳子上的木板，木板前摆了几只木箱子充当椅子。这些木板可以一半用来画画，一半用来写字。

油彩、墨水、糨糊……这些东西有的放在一个盆里，有的就胡乱放在地上。羽毛笔和一沓信封散乱地扔在那儿，垃圾堆上的纸片在穿堂风中抖动。这里就是黑手帮制作广告的中心！

现在，孩子们都不工作了，也不再画广告、写信了，

他们都站在那里,摆出一副无可奈何的表情。他们心里都在想着警备司令的通告:如有违反,严惩不贷。

凯出现时,两个大一点儿的男孩向他跑了过去,把他拉到一个角落里,敦促他采取行动。他们俩就是海格立斯和施莱兴得·普拉特福斯。

"怎么办?"他们问,"接下来干什么?"

"什么都不用干了。"大响尾蛇若无其事地说道,"收拾一下,回家吧。"

然后,他对库巴尔斯基先生说道:"请您过来!"

他们一起穿过几个看起来令人绝望的大厅。这里到处窸窸窣窣的,令人感到恐怖,那是老鼠弄出的声响。"从这儿下去!"凯说道,他擦着了一根火柴。

那是一段通向地下的木梯,也就是说,这儿曾经是一段木头楼梯,现在木头腐朽了,有的地方已经断裂。走在这段残缺的楼梯上,有可能会摔断脖子摔断腿。一

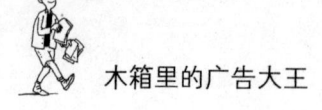

股令人窒息的腐臭味从下面升起,扑面而来。

库巴尔斯基先生吃力而又恐惧地紧跟着凯往下走,凯最清楚哪儿能踩,哪儿不能踩。他们进入一条地下通道,里面非常黑。火柴也熄灭了。

"您把手放在我的肩膀上,"凯说道,"一直跟着我。"

他们大约走了五分钟,但库巴尔斯基先生却觉得好像走了两个小时。

"停下。"凯说道,"现在我们必须爬了。这里很脏,不过没关系。"

他又擦着一根火柴,库巴尔斯基先生看见前面有一个圆圆的黑洞。凯四肢并用,然后回头看了看,他用牙齿咬着火柴。

"快!"他口齿不清地说道,"火柴马上就要灭了。"

他吐掉火柴棍,火柴刺的一声熄灭了。

库巴尔斯基先生的手腕插入了泥里。现在他也觉得什么都无所谓了,因为不管怎样都比坐牢好。他在后面爬着,一直跟着凯,他们像一小一大两只乌龟,一前一后地在一条管道中爬行。

库巴尔斯基先生感到左右两边都是冰冷的圆形管壁,原来这儿是排水管道。终于,他们看见上面投射下来一道微弱的光。

"好了,"凯说着站了起来,"我们到了。"

一架铁梯通向地面。库巴尔斯基先生抬头望见了一个圆圆的井筒和一个铸铁井盖。

"这简直就是一座地牢呀!"他想着,不禁感到毛骨悚然。

"这是一道排水沟。"凯说道,然后就顺着梯子爬了上去。库巴尔斯基先生跟着向上爬。

"现在我们必须一起把井盖推上去,它非常沉。"凯

木箱里的广告大王

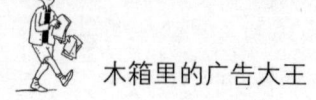

说道,"嘿——哟——嗬!"

凯一使劲,把井盖举了起来,他小心翼翼地把头伸了出去,但立刻又把井盖放了下来,说道:"小心!"

一阵可怕的轰隆声从他们头上响起。

"怎么回事?"库巴尔斯基先生牙齿打战地问道。

"一辆汽车。"凯说。

然后,他们迅速地爬了上去,来到马路上。瞧他们那狼狈样!"快走!"凯说着,甩掉了手上和鞋子上的泥巴,快步往前走去,而库巴尔斯基先生开始破口大骂这种下水道工人的工作,因为一块泥巴糊住了他的眼镜。

一刻钟后,凯和库巴尔斯基先生走到了新火车站的候车大厅。现在危险解除了。库巴尔斯基先生浑身上下那叫一个脏,没有一个警察能认出他来,连弗里根普夫先生也认不出来。此时此刻,弗里根普夫先生还在老火车站前面守候着呢。

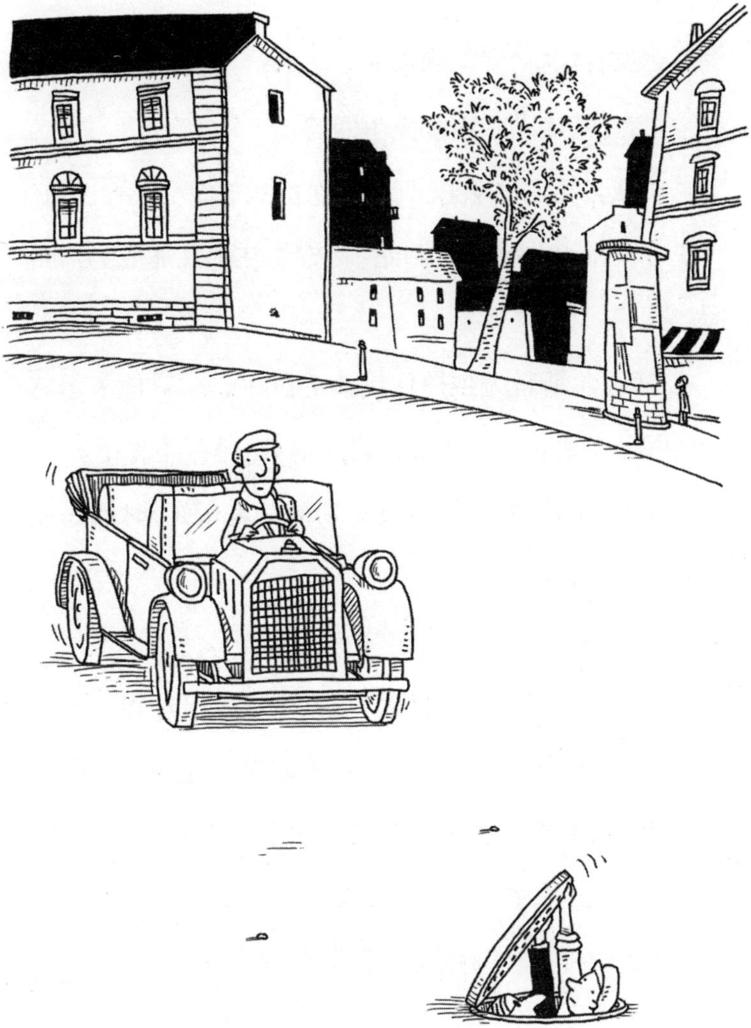

"您有钱吗?"凯问道。

"有。"库巴尔斯基先生回答。

"您去买一张去康斯坦丁堡的火车票。"凯说道,"东方快车十分钟之后到站,希望您在那儿能成为广告大王。"

库巴尔斯基先生握住男孩的脏手,想对他表示感谢,可是在他想出恰当的话语之前,凯已经不见了。

到了外面,凯看了看火车站前的电子钟,时间是差二十分钟四点。

差十分钟四点的时候,皇家饭店12号房间的乔·艾伦先生在他的行李箱前面站了起来。他的行李已经收拾停当,只剩下拖鞋没有装进去了。乔·艾伦先生向房间门口走去,按了一下铃,埃米尔来了。

"我的靴子!"乔·艾伦先生说道。

"马上!"埃米尔说完,立刻走了。

乔·艾伦先生把拖鞋装进箱子,只穿着袜子等服务生送靴子来。这时,他听见有人敲门。

"进来!"

凯站在门口。

"啊,原来是你。"乔·艾伦先生说,"还差三分。"

"没关系,"凯说,"这儿来了一分。"

电梯男孩走进来并带来了靴子。

"谢谢。"乔·艾伦先生说着接过靴子。他一边穿靴子一边在空中左看右看。"喂,你说的那一分藏在什么地方?"他问道。

"在靴子的后跟上。"凯回答。

"你本该早点儿说呀。"乔·艾伦先生咕哝着。现在,他不得不把靴子重新脱下来,因为他穿着靴子的腿抬不了那么高。

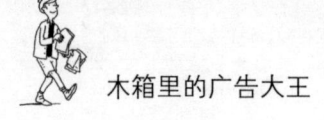

TUT 贴在鞋后跟上。

"必须立刻把箱子送往车站。"乔·艾伦先生说道。

凯和电梯男孩抓住箱子抬了出去。凯回到房间时,乔·艾伦先生已经拿起大衣。凯帮助他穿上,然后把衣帽钩上的大礼帽递给他。

"好了,孩子,现在我必须走了。"乔·艾伦先生说道,"我为你感到遗憾,但是我必须按照我的条件坚持到最后一分和最后一秒。"

"当然,您必须。"凯说道,"我送您。"

乔·艾伦先生说:"好!"说完把大礼帽戴上,和凯一起乘电梯下楼。

电梯男孩左手大拇指上戴着一个铁环,看起来就像挂窗帘的那种铁环,那是他因为服务周到而获得的奖赏。他精神焕发,觉得乔·艾伦先生给他的这个铁环比十个马克的小费还重要。

在楼下大厅里,凯看着墙上的挂钟。时间是差一分钟四点,而他需要的分数还差两分。

饭店的全体成员,从服务生到总经理都站在大厅里,每人都得到了十个马克,乔·艾伦先生向总经理伸出手并取下大礼帽。这时候,他的目光落在大礼帽的内侧,那儿贴着 TUT。

乔·艾伦先生微笑了一下,迅速掏出怀表,他按了一下按钮,怀表盖子跳了起来。

时间正好是四点整,怀表的玻璃表壳上用墨水写着——TUT。

巧克力大王合上怀表,把它装进口袋里,把手伸向凯并说道:"我祝贺你,广告大王先生!"

这一切发生在许多年前。

小凯如今已经长成了大凯。现在人们和他握手的时候,不用担心手会变黑了。在他家漂亮的大房子里,人们可以放心地坐在每一把椅子上,不用担心会坐在背面有广告的纸片上了。

凯成了一位真正的广告大王,现在,做广告的手段与库巴尔斯基先生那个时代的手段也已经完全不同了。他必须仍然勤奋地工作和学习,因为他管理着一家大广告公司,雇了数不清的员工。总有人陪着他走遍所有的大厅和房间,可以看到他怎样不时地和工程师或

画家交谈、点头。有人会问他这个人是谁,那个人又是谁,他们听到的回答都是一些很奇特的名字。一个叫海格立斯,一个叫施莱兴得·普拉特福斯,诸如此类。

工厂对面有一座乡村别墅,住在那里的是艾丽卡和她的王子。她的王子并不是一位真正的王子,而是凯的一个最好的朋友和同事。可是,艾丽卡坚称他就是王子。她这样说,可能也对。

恰好就在这些日子里,乔·艾伦先生命名了他最新的巧克力品牌。这个品牌获得了巨大的成功,全美国人都在吃它,它就是:

黑手牌

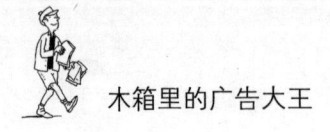

再版后记

让我们回到上世纪20年代的柏林,广告时代就是从那个时候开始的。人们可以在楼房的墙壁上、广告柱上、公共汽车上看到它们。夜晚,人们纷纷拥上街头,观看柏林西部林荫大道上闪烁的灯箱广告。那里有戏院、电影院、咖啡馆、百货大楼……但是,大道两旁的繁华后面是黑乎乎的小巷,出租房屋大多在岔路上,那种楼房都有一个幽暗的后院。

街头流浪儿组织黑手帮的小头头儿凯就来自柏林这样一座后院。在一次竞争最佳广告创意的竞赛中,凯和他的黑手帮把城市闹了个底朝天,打败了成年竞争者库巴尔斯基,最后成为广告大王。

一个街头流浪儿在诙谐和想象力方面战胜了成年

Kai aus der Kiste

人,作为一本儿童小说的主角,凯在当时那个时代是崭新的。此外,他被描写得大胆而又机智。对于孩子和成人来说都是令人兴奋的。

这个故事的产生纯属偶然。作者沃尔夫·杜里安从他出生的城市斯图加特迁居柏林时还是一个年轻人。他在柏林的乌尔施坦出版社工作,是青少年杂志《快活的弗里多林》的编辑。在一次编辑部会议上,他们急着寻找一个节奏紧凑、可以连载的故事。故事应该是新颖、风趣而又引人入胜的,能够使成千上万的孩子急切地要买下一期杂志。会议开了好几个小时,却没有一个人想出可用的建议。为了结束那次会议,沃尔夫·杜里安宣布,他愿意去构思并写出这样一个系列故事,每周刊登一部分。

同事们都微笑了,以后这样的事情就让新手来干……从那天起,杜里安每天从编辑部下班以后,就穿着睡衣,裹着被子,一个又一个晚上在冰冷的楼房顶层房间里写这个故事。第一期出版以后,成千上万的读者来信像雪片似的飞进编辑部。人人都想知道故事是如何

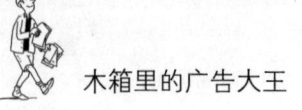

发展的。

可是,连作者自己也不知道如何发展,每一个故事都是在付印之前才完成,邮递员再骑着自行车把手稿送到印刷厂的。

凯、他的街头流浪儿组织黑手帮以及巧克力大王乔·艾伦先生的故事成功地一期接一期地延续下来了。《快活的弗里多林》杂志的成绩越来越引人注目,印数很快就翻了一番。接下来,沃尔夫·杜里安成了这本杂志的主编。

1926年,连载故事《木箱里的广告大王》结集成书出版,获得了巨大成功。这本书之后,同样引起轰动的作品是埃利希·凯斯特纳的《埃米尔擒贼记》。

那个时期,著名的烟草公司确实展开了决战,所以在成书时,巧克力大王乔·艾伦先生变成了烟草大王。1989年的电影版中,烟草大王又变成了口香糖大王。

现在,到底是巧克力、烟草还是口香糖都无所谓了,这都无损于这个快乐、妙趣横生而又可爱的故事。广告属于我们的生活。一切都可能被变成广告,连人们

Kai aus der Kiste

应该放弃的东西也可以做广告,虽然它对健康有害,比如香烟。因此,我们决定,还是让乔·艾伦先生做他的巧克力大王,还其最初发表时的本来面目。作者肯定会同意的。可惜我们再也不能询问他了。我父亲已经在他选择的故乡柏林去世了,享年七十七岁。

这期间,一切又都重新变成可能了,人们能够不再受柏林墙和铁丝网的阻拦到达书中故事发生的舞台——火车北站,还有从前东城的货场区、波茨坦广场和皇家饭店所在地——选帝侯大街了。

《木箱里的广告大王》是对柏林和聪明又调皮的柏林儿童爱的表白,同时也是对昨天和今天所有孩子爱的表白,几十年来,他的表白已经得到了读者的回报。

西贝乐·杜里安

译后记

◆《木箱里的广告大王》作者小传◆

本书作者沃尔夫·杜里安原名沃尔夫冈·瓦尔特·贝希特,是德国记者、翻译家和青少年儿童文学作家。他中学毕业后去美国旅行,当过洗碗工、伐木工、花匠、西部牛仔和骑马邮递员,积累了生活经验。回到德国以后,他在大学攻读日耳曼语言文学和动物学,1920年毕业后即到斯图加特科普杂志《宇宙》当编辑。1924年来到柏林,成为乌尔施坦出版社的刊物《快活的弗里多林》的杂志编辑,不久成为主编。1945年之后任《柏林日报》和《每日评论》文学副刊编辑。这个时期他使用的笔名是"弗里多林"。

杜里安创作过大量与自然、动物有关,具有异国风

情的少儿文学作品。代表作除了《木箱里的广告大王》之外,还有《强盗》《我在狂野的西部》和《孤儿街上的狮子》等。此外他还翻译过苏格兰和加拿大双国籍的自然科学家欧内斯特·汤普森·塞顿的著作,并与人合译了《爱伦·坡文集》。

◆《木箱里的广告大王》的成功原因◆

通过作者的女儿西贝乐·杜里安为本书再版所作的后记,我们大致知道了这本脍炙人口的小说产生、发展和近一个世纪的受欢迎的情况。

一个即兴创作并具有赶任务性质的故事能成功地受到读者的欢迎而且经久不衰,除了小说作者本身的文学才能之外,笔者以为至少有两个原因。

首先,因为作品真实生动地再现了上个世纪20年代德国的实际情况。

第一次世界大战之后,德国魏玛共和国时期是百废待兴的战后恢复期。失业和通货膨胀导致人民大众的生活相当贫困。与此同时,资本造就了许多百万富

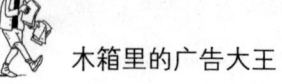

翁。美国的巧克力大王就是这个时期的典型代表人物。作品通过美国商人巧克力大王招募广告大王的方式勾画了柏林这个大都市的风貌。

今天,广告已经铺天盖地,无处不在。人们的视觉和听觉深受霸权式广告的干扰,可是在一百年前,即20世纪初叶,广告这一形式才刚刚兴起。企业家利用新兴的广告手段打开市场,获得巨大成功。这个故事围绕广告手段的竞争,把那个时代的经济发展模式烙印在柏林的历史画卷上。

其次,这本书成功的最重要因素应该是十分成功地塑造了凯这个令人喜爱的、典型的人物形象。凯具有突出的性格特征,他聪明、诚实而又善良,能给人留下深刻的印象。

他的聪明表现在与库巴尔斯基先生的广告创意比拼上,他总是别出心裁,出人意料,每一个新招都很成功。尤其是在规定时间的最后时刻,读者着实为他捏了一把汗。最后一秒钟得的最后一分,尤其令人惊异。他简直就是一个小魔术师!

他的诚实表现在对待黑手帮的小伙伴们言必信，行必果。他与巧克力大王打赌挣了一千美元，自己只留下一美元。正是这种品质使他赢得了街头流浪儿童的尊敬和爱戴，所以他能一呼百应。

他出身贫困家庭，父母双亡，带着一个小妹妹生活，处处展示着哥哥的爱。他用挣来的一美元实现了妹妹对一个普通布娃娃的梦想，读来令人心酸而又感动。他的善良也突出地表现在帮助竞争对手库巴尔斯基先生摆脱警察的追捕，成功地逃出柏林。

这个故事虽然是虚构的，但令人感到非常真实。一个聪明、诚实而又善良的流浪儿童形象跃然纸上。

◆《木箱里的广告大王》的出版风波◆

随着时代的变化，这本小说的出版过程也发生了几次改变。

这个故事在杂志上刚发表时，读者踊跃回应，连载结束后，出版社便立刻结集成书出版。成书时，美国的巧克力大王变成了美国的烟草大王。

木箱里的广告大王

  1927年之后,这本书居然因为有"表现美国主义(亲美)倾向"而被德国审查青少年图书的机构禁止出版了,"纳粹"上台之后,它的命运当然更惨。

  直到1972年,这部书才有机会在西德①再版。

  1988年至1989年,民主德国将这本书改编成电影剧本并拍成电影,1995年放映了第三版。在这部电影里,美国的烟草大王又变成了没有兑现自己承诺的口香糖大王。凯的形象变成了骗子和吹牛大王,他们成了资本主义竞争的牺牲品。电影导演的意图很明显,他要借助这个故事,批判资本主义社会制度。这部电影客观上反映了第二次世界大战之后冷战时期东西方两大阵营意识形态的长期对峙,却扭曲了原作塑造的人物形象,不符合作者的本意。

  众所周知,1989年至1990年,德国发生了翻天覆地的变化,冷战的象征"柏林墙"被拆除,分裂的德国土

---

①1945年,德国分裂为东西两部分,西德又称联邦德国,实行资本主义制度,东德又称民主德国,实行社会主义制度。1990年,两德统一。

地和分裂的天空重新统一。东西柏林之间的障碍被清除了,人们又可以自由地往来于东西柏林之间了。凯当年和黑手帮的伙伴们如鱼得水地在东西柏林之间穿梭,赢得广告竞争胜利的场所——即故事发生地——又可以随意重游了。

因此,聪明、诚实而又善良的凯和他的故事重新以本来面目回到读者面前就很有必要了。这就是本书2004年再版的初衷。

这个译本就是根据2004年第四次再版的版本翻译的。

由于我曾在德国生活过近二十年,在柏林亚历山大广场附近住了十年,所以在翻译这本书的过程中对故事发生的地点倍感亲切。

文学作品是时代的镜子,时代决定作品的面貌并影响着人们对作品的接受程度。这个故事堪称典型的例证之一。

李士勋

2018年12月7日于北京